परतों के नीचे

नंद किशोर बावनिया

कहानी संग्रह

नंद किशोर बावनिया

परतों के नीचे

कहानी संग्रह

नंद किशोर बावनिया

पहला संस्करण : सितम्बर २०१९

ISBN :"978-93-86619-41-9"

प्रकाशन   :
भोज शोध संस्थान,
विक्रम ज्ञान मंदिर, लाल बाग परिसर,
धार - 454001
Cell : 94259-67598
E-mail bhojshodh@gmail.com
Website www.bhojshodhsansthan.com

वितरक
Anybook
G-248, 2nd Floor,
Sector 63, Noida - 201301
E-mail contactanybook@gmail.com

परतों के नीचे : नंद किशोर बावनिया

Parton Ke Neechey: Story Collection by Nand Kishore Bawaniya

आवरण : मोरपंख आर्ट्स
पुस्तक सज्जा : मोरपंख आर्ट्स
कॉपीराइट : नंद किशोर बावनिया

सादर समर्पण---

श्री सदगुरु देव नित्यानंद जी महाप्रभु भगवान को

अनुक्रमणिका

स्वामी

रेल रूकते ही मैं सामने वाले डिब्बे में फुर्ति से चढ़ गया। देखा तो अन्दर बहुत भीड़ थी, पाँव रखने की जगह न थी। थोड़ी देर तो खड़ा रहा फिर स्थान पाने के लिए इधर-उधर नजर दौड़ाई। तभी एक व्यक्ति ने मेरी बेबसी समझी और मुझे इशारे से अपनी ओर बैठने के लिए बुलाया। साथ बैठे व्यक्तियों को थोड़ा इधर-उधर खिसकाकर मेरे लिये जगह बना दी । मैं धन्यवाद देकर उसके पास चुपचाप बैठ गया। वह उनके साथियों से बात करता रहा। कुछ समय तो मैंने उनकी बातों पर ध्यान नहीं दिया। मैंने उस व्यक्ति की ओर गौर से देखा तो उसके उलझे हुए बाल थे, जो बढ़े हुए थे, दाढ़ी करीब एक माह से नहीं बनाई होगी, उसकी वेशभूषा भी गुंडे-मवालियों जैसी थी, गंदी और बेतरतीब। खैर, मुझे इससे क्या? उसने मुझे बैठने की जगह दी, उसके लिए उसका धन्यवाद तो कर ही दिया था। मैं बैठा हुआ चुपचाप उनकी बातें सुन रहा था। उसकी बातों से मुझे लगा कि वे रसोई बनाने सम्बन्धी बातें कर रहे थे। लगा कि वे रसोई बनाने का काम करते हैं। उसके साथ उसका असिस्टेन्ट भी था। जिस व्यक्ति ने मुझे बैठाया था, वह जब बातें करता तो कभी-कभी अंग्रेजी के शब्द भी आ जाते थे जो कि उच्चारण में सही होते थे, साथ ही उच्च स्तरीय भी। बस इस बात ने मेरा ध्यान उसकी ओर आकृष्ट किया। यह स्वाभाविक भी था, क्योंकि लोग प्रायः अंग्रेजी शब्दों को उच्चारण में गलत ही प्रयोग करते हैं।

मेरे पास में एक सज्जन और बैठे थे। वे किसी बैंक में काम करते थे और नौकरी पर रोज अप-डाउन करते थे। वे अपने साथी से किसी गहरे विषय पर ज्ञानपूर्ण चर्चा कर रहे थे। इसी चर्चा के दौरान उस व्यक्ति ने चर्चा में हस्तक्षेप करके उनकी किसी गलती को सुधारा। मैं आश्चर्यचकित होकर उसकी ओर देखता रहा। मुझे लगा कि यह व्यक्ति जैसा दिखाई दे रहा है वैसा है नहीं। फिर चर्चा का स्तर और ऊँचा होने लगा तब उसने इंजीनियरिंग सम्बन्धी एवं केमेस्ट्री सम्बन्धी अनेक प्रश्नों के उत्तर सह. जता से दे दिये। ऐसे प्रश्नों के उत्तर तो केवल उच्च अध्ययन वाले व्यक्ति ही दे सकते हैं। मैं सकते में था। फिर तो उसने कई तत्वों के परमाणु भार, केमिकल रिएक्शन सम्बंधित बारीक बातें भी बताई, अब तो उसके व्यक्तित्व

से प्रभावित हुए बिना नहीं रह सकता था। साथ में बैठे बैंक अधिकारी भी बहुत प्रभावित थे ।

बातें और गहरी और सौहार्दपूर्ण वातावरण में होने लगी । उसने बतलाया कि फिलहाल उसका व्यवसाय रसोई बनाना है । बड़े-बड़े लोग उसे अपने कार्यक्रमों में इसी कार्य के लिये बुलाते हैं। अभी भी वह एक बड़ी पार्टी का काम करके लौट रहा है। लगे हाथ मैंने भी इसी कार्य का बहाना बनाकर उसका मोबाईल नम्बर ले लिया। कुछ समय तक साथ बैठे लोग उससे अन्य विषय पर चर्चा करते रहे, मेरा स्टेशन आ गया तो मैंने नमस्कार कर उनसे विदा ली ।

उस व्यक्ति का व्यक्तित्व मुझे चुम्बकीय और विस्मयकारी लगा । उसके बारे में और जानने की जिज्ञासा बनी रही। लेकिन यह मन में ही रह गई। फिर भी वह मेरे मन-मस्तिष्क पर हमेशा बना रहा। कार्य की व्यस्तता के कारण दो-तीन साल बीत गये। एक दिन मैं कागजों को उलट-पुलट कर रहा था तो उसका मोबाईल नम्बर मेरे हाथ लग गया। मन में सोयी हुई भावना जागृत हो गई, लेकिन संदेह बना रहा कि अब तक तो उसका नम्बर बदल गया होगा। फिर भी मन नहीं माना सोचा नम्बर लगाने में हर्ज ही क्या है। मैंने आशापूर्ण भाव से नम्बर डायल किया, उधर से घन्टी बजी, आवाज आई, "कौन है?"

मैंने अपनी पूर्व की यात्रा का उसे स्मरण कराया और अपना परिचय भी दिया। शायद उसे भी पुरानी याद हो आई। तब मैंने उससे मिलने का निवेदन किया। उसने मुझे अपना पता दिया और नम्रता से कहा कि वह कोई बड़ा आदमी नहीं हैं जो आप उससे मिलना चाहते हैं फिर भी आपका स्वागत हैं ।

कुछ माह बाद मैंने उससे मिलने का समय निकाल ही लिया । उसके बताये हुये पते पर जाने की तैयारी कर ली। जिस स्थान पर मैं पहुँचा, वह एक छोटा कस्बा था। उस कस्बे से कोई दो किलोमीटर की दूरी तय करने पर एक आश्रम दिखाई दिया। नितान्त जंगल, एक बगीचा-सा जो वृक्षों और फुलवारी से घिरा था। मैंने सोचा वह इस स्थान पर क्या करता होगा। शायद आश्रम में रसोई सम्बन्धी कार्य करता होगा। मैं उस आश्रम की सीमा में प्रवेश कर करीब पाँच मिनट में आश्रम जा पहुँचा। आश्रम क्या

था कुछ टापरियाँ घास-फूस की बनी हुई थी। एक पक्का मन्दिर भी बना हुआ था । आस-पास खेत थे, जिनमें हरियाली लहरा रही थी, फूलदार पौधे, कई प्रकार की सब्जियाँ उग रही थी। परिसर में ईंटों की क्यारियां बनाकर सजावट कर रखी थी। आश्रम साफ-सुथरा था। वहाँ बड़ी शांति थी वहाँ पहुँच कर व वहाँ का माहौल देखकर मेरी सफर की थकान मिट चुकी थी । मैंने इधर-उधर देखा तो एक बाबाजी भगवा वस्त्र पहने, दाढ़ी-मूछ बढ़ी हुई, चेहरे पर चमक, कंधे पर दुपट्टा डाले, लुंगी नुमा धोती पहने किसी से काम करवा रहे थे। मुझे देखा तो सब समझ गये ।

“आने में कोई कष्ट तो नहीं हुआ?” और उन्होंने इशारे से मुझे अपने पीछे आने को कहा। मैं भी उनके पीछे-पीछे चलता जा रहा था। पैरों की ओर देखा तो उन्होंने खड़ाऊ पहन रखे थे। हम एक कुटिया पर पहुँचे । कुटिया में पहुँचने पर मैंने गौर से देखा तो स्वामी कोई और नहीं वरन वही यात्री था जिससे मेरी मुलाकात रेल यात्रा के दौरान हुई थी और जिसने मुझे बैठने के लिए स्थान दिया था। स्वामी जी एक झूलेनुमा पलंग पर बैठ गये और हल्के-हल्के झूलते हुए मुझसे बात करने लगे ।

“कैसे आना हुआ, ऐसी क्या बात है जिसके लिए तुम्हें यहाँ तक आना पड़ा?” उन्होंने प्रश्न किया ।

मैं तो यह जानकर आश्चर्य चकित था कि वह मवाली-सा दिखने वाला और रसोई बनाने वाला व्यक्ति स्वामी या साधु कैसे बन सकता है, और क्यों? स्वामी जी की नेत्रों से मेरे मन की बात छुप न सकी और वे भांप गये। इतने में एक सेवक आया और जल-पान की सामग्री रख गया। मैं थका हुआ भी था और भूखा भी, इसलिये ना नुकुर न करके नाश्ता कर लिया। फिर उन्होंने मुझे आश्रम दिखाया। आश्रम क्या था, कुल तीन-चार झोपड़ियां थी जो बड़े सुन्दर ढंग से बनी थी, उनमें सबसे बड़ी झोपड़ी स्वामी जी की थी, जिसमें अधिक सुविधाएं थी। स्वामी जी उसी में झूले पर बैठकर भक्तों से संवाद करते थे। दूसरा मन्दिर था जहाँ पूजा-आरती होती थी। अन्य झोपड़ियों में या तो सामग्री रखी थी या सेवक निवास करते थे। क्यारियों में पौधों पर तरह-तरह के सुन्दर फूल खिल रहे थे। उनका रख-रखाव भी सुन्दर तरीके से हो रहा था ।

कुछ छायादार वृक्ष भी लहरा रहे थे। आश्रम से कुछ दूरी पर एक

पक्का कुँआ बना हुआ था, जिससे सारी सिंचाई की जाती थी एवं पेय-जल भी उपलब्ध होता था। संध्या हो चली थी। शाम का धुंधलापन फैल रहा था। स्वामी जी के एक सेवक ने मेरे ठहरने और सोने की व्यवस्था कर दी। प्रकाश की व्यवस्था नाममात्र की थी, इसलिये भोजन के पश्चात सोने चला गया। मुझे सुबह जल्दी उठा दिया गया। नित्यकर्म से निवृत्त हो आरती-भजन में उपस्थित होना था। आरती के पश्चात प्रसादी वितरण हुई, उसके बाद सब लोग चले गये ।मैं और स्वामी जी बस दोनों ही उस कमरे में रह गये। मैंने पुनः अपनी जिज्ञासा को प्रकट करना चाहा, तो उन्होंने मुझे हाथ के इशारे से ठहरने को कहा । फिर तो स्वयं उन्होंने ही अपनी कथा बयान करना शुरू कर दी। उन्हें न जाने कैसे यह आभास हुआ कि मैं क्या जानना चाहता हूँ। उनकी कथा उनके ही शब्दों में -

मैं गुजरात का रहने वाला हूँ। मेरे माता-पिता बचपन में ही गुजर गये थे। मेरे मामा की आर्थिक स्थिति ठीक नहीं थी फिर भी उन्होंने मुझे पाला। अपने पास रखकर उन्होंने अपनी सामर्थ्य से भी बढ़कर मुझे पढ़ाया और बी.एस.सी. में प्रवेश दिलाया। जब मैं बी.एस.सी. अंतिम वर्ष में पढ़ रहा था तो मेरे जीवन में एक लड़की आई। उससे मुलाकातें धीरे-धीरे प्यार में बदल गईं। मैंने अपनी हस्ती के बारे में उसको बताकर उससे दूरी बनाने की कोशिश की लेकिन सफल नहीं हो पाया। उसने साथ नहीं छोड़ने की कसम ले ली । कई वादे हुये और अन्त में हमने शादी करने का भी निश्चय कर लिया। बी.एस.सी. करके मैंने बी.ई. में प्रवेश ले लिया। बी.ई. में पढ़ते हुए मुझे छः-सात माह ही हुए होंगे कि मालूम हुआ कि उस लड़की के माता-पिता ने उसका विवाह कहीं और कर दिया। इसके कुछ समय पूर्व उसने बातों-बातों में मुझे यह बता दिया था कि उसके घर वाले उसकी शादी की बात कहीं चला रहे हैं। मैं इन बातों को अधिक महत्त्व नहीं दे रहा था और अपने कॅरियर के प्रति सावधान था। इसी दौरान एक भयानक एक्सीडेंट में मेरे मामा-मामी की मृत्यु हो गई । वे तो मेरा एकमात्र सहारा थे। मैं बहुत विचलित हो गया, हताश और निराश में टूट गया था, अकेला रह गया था । घबराहट में कोई फैसला लेना नहीं चाहता था। कुछ दिनों बाद उसकी सहेली ने बताया की उस लड़की ने आत्महत्या कर ली है। उसने कुएं में कूदकर अपने प्राण त्याग दिये। यह था प्रेम का बलिदान। इस खबर ने मेरे होश गुम कर दिये, मेरा दिमाग सन्न रह गया । मानो मुझे लकवा मार गया। मुझे तनिक भी एहसास नहीं था कि मेरे प्यार का

ऐसा अंत होगा। मैं पागलों की तरह खुद ही बड़बड़ाता रहता, न खाने की सुध थी न पीने की। मेरे दिमाग में यह बात बैठ गई थी कि उसकी आत्महत्या के लिये मैं और सिर्फ मैं ही जिम्मेदार हूँ। यदि मैंने उसे विश्वास में लिया होता, तो प्रेम से समझाकर उसका साथ दिया होता तो यह हादसा कदापि नहीं होता । मैं बेसहारा तो हो ही गया था। मैंने वह शहर ही छोड़ दिया। एक अनजाने शहर में पहुँच गया। वहीं रहने का ठिकाना और पेट भरने के लिये काम तलाश करने लगा । पढ़ा-लिखा जानकर कोई होटल वाला भी बरतन साफ करने के लिये रखने को तैयार नहीं था। पेट की भूख शांत हो जाये। लेकिन ऐसा नहीं हुआ। मुझे भूखा जान रसोई बनाने वाले ने कहा कि काम करोगे तो भोजन भी मिलेगा और पैसा भी। मैं काम करने को तैयार हो गया। मैं उसके काम में मदद करने लगा। उसे काम अच्छा लगा । उसने भोजन भी करवाया और कुछ रूपये भी दिये ।

मैं भूल चुका था कि मैं बी.ई. का छात्र था। मेरी भूख उससे कहीं ऊपर थी। कुछ पूछताछ के बाद उसने दया करके मुझे अपने साथ रख लिया। इससे मुझे दो लाभ हुए। एक तो रात कट जाती और दूसरा भोजन भी मिल जाता। धीरे-धीरे मैं उस हादसे से उबरने लगा। साथ रहते हुए रसोई के कई काम भी सीख गया। कुछ सालों में वह मुझे रसोई का स्वतंत्र भार भी देने लगा, जिसे मैंने सफलता-पूर्वक निभाया। बीच-बीच में वह आकर मेरा काम भी देख जाता और निर्देश भी दे जाता। मेरा काम चल निकला। इनकम भी होने लगी और मैं रसोई का मास्टर बन गया। दूर-दूर की बड़ी पार्टियों के आर्डर आने लगे। इसी दौरान ट्रेन में आपसे भी मुलाकात के बाद एक रात में अपने कमरे में सो रहा था कि लाईट चली गई। चारों ओर अंधेरा छा गया। इस अंधेरे में मुझे वह लड़की दिखाई दी। उसने मेरे द्वारा किये गये कसमों और वादों का हिसाब माँगा। मुझे कायर और बुजदिल कहा। उसने कहा कि उसने तो अपना वादा पूरा कर दिया लेकिन तुमने नहीं। तुमने कहा था कि हम दो शरीर हैं लेकिन प्राण एक हैं तो फिर अलग-अलग कैसे रह सकते हैं। तुम मेरे साथ चलो, मेरे पास रहो। उसी की आवाज के सहारे मैं यहाँ तक आ पहुँचा। उसने मुझे इसी स्थान पर रहने के लिये कहा। बस जब से ही मैं यहाँ रह रहा हूँ। यह आश्रम बना लिया और स्वामी बनकर लोगों की सेवा करता हूँ । आशा है अब तुम्हारी सारी जिज्ञासायें शांत हो गई होंगी और वे शांत हो गये। फिर उठे और अपने निवास की ओर धीरे-धीरे चले गये । सेवक आकर मुझे अपने निवास पर ले गया। रात में स्वामी भोजन के समय

नहीं आये। मैंने अकेले ही भोजन किया और जाकर सो गया। पर मेरी आखों में नींद नहीं थी। मन ही मन मैं कई प्रश्नों के उत्तर ढूंढने लगा। सोचते-सोचते मुझे न जाने कब नींद लग गई। सुबह तैयार होकर स्वामी से विदा लेने गया। स्वामी फिर भी कुछ न बोले केवल हाथ उठाकर आशीष की मुद्रा में मुझे विदा किया। एक सेवक मुझे आश्रम के बाहर तक छोड़ने आया। मैं वापस अपने शहर आ गया।

करीब दो माह बाद मुझे फोन पर खबर आई कि स्वामी जी नहीं रहे। उन्होंने कुँए में डूबकर अपने प्राण त्याग दिये। मुझे विश्वास नहीं हुआ। मैंने तत्काल आश्रम जाने की ठान ली। आश्रम पहुँचने पर देखा स्वामी का शव फूलों से सजा हुआ रखा था। लोग अन्तिम दर्शन के लिये आ रहे थे। मैंने एक विश्वसनीय सेवक से पूछा, ''ये सब कैसे हुआ?''

उसने बताया वह अविश्वसनीय था। उसने बताया कि उस रात स्वामी जी ने बहुत भजन-कीर्तन किया। सबको प्रसादी अपने हाथों से दी और फिर मुझे बुलाकर कहा कि वे सुबह देर तक सोयेगें, इसलिये उन्हें कोई नहीं जगाये। हमने ठीक ऐसा ही किया। सुबह जब बहुत देर हो गई तो मैंने दरवाजा खटखटाया। कोई जवाब नहीं आया। थोड़ी देर इन्तजार कर फिर खटखटाया फिर भी कोई जवाब नहीं आया तो दरवाजा खोलने का जतन कर ही रहे थे कि उधर से हरिया की आवाज आई। वह कुँए की ओर इशारा कर कुछ जोर-जोर से चिल्ला रहा था दौड़ो-दौड़ो, स्वामी जी की लाश कुएं में तैर रही है। हम सब उधर दौड़े। देखा स्वामी जी की लाश कुएं में चित पट तैर रही थी। उनके चेहरे पर गजब की शांति थी। पास ही एक थाली भी तैर रही थी। कुमकुम और फूल आदि भी पास ही तैर रहे थे।

मैं सब समझ गया। उसी लड़की की आत्मा उन्हें यहां लाई थी। वे एकाकार होने का इन्तजार कर रहे थे। उसने उन्हें अपने पास बुला लिया, वह कब से इनका इन्तजार कर रही थी केवल उचित अवसर की प्रतीक्षा थी, स्वामी भी अपना वादा निभाना चाह रहे थे। दो शरीर एक प्राण का। बाद में मालूम हुआ कि उस आश्रम पर गाँव वालों ने उनकी समाधि पर एक भव्य मन्दिर निर्माण करवाया, जिसका नाम था 'प्रेम मन्दिर'

हरि को भजे सो...

एक संत थे, उनका व्रत था कि वे किसी एक जगह निवास नहीं करेंगे। वैसे भी संत भ्रमण ही करते रहते हैं। वे जहाँ भी जाते वहाँ के मन्दिर में संत कुटिया मिल ही जाती, कभी-कभी नहीं भी मिलती । ऐसे ही भ्रमण के दौरान एक बार वे एक गाँव में पहुँचे। उस गाँव के बाहर एक मन्दिर था। उन्हें भी वहीं ठहरना था। जब वे उस मन्दिर पहुँचे तो देखा कि मन्दिर में न जाने कब से सफाई ही नहीं हुई थी। मन्दिर के अंदर मकड़ियों ने जाले बना लिये थे, फर्श पर भी धूल की मोटी परत जम रही थी। मन्दिर का ओटला भी उखड़ कर ऊबड़-खाबड़ हो गया था और उस पर कई बड़े-बड़े गढ्ढे बन गये थे। संत ने अपने जीवन में ऐसा मन्दिर नहीं देखा था, जो इतना उपेक्षित हो। लेकिन संत तो संत ही थे। वे मन्दिर की हालत देखकर समझ गये कि शायद इस गाँव में कोई धर्म प्रेमी रहता ही नहीं हो। शाम ढल चुकी थी, अंधेरा घिर रहा था । उन्होंने पास खड़े पौधों की ठहनियों को तोड़कर एक झाड़ू जैसा बनाया और मन्दिर के ओटले पर सफाई करके वहीं डेरा डाल दिया। रात के दस-ग्यारह बज गये लेकिन गाँव का कोई भी व्यक्ति उनके खाने या भोजन का पूछने नहीं आया । वे रात भर भूखे ही पड़े रहे और सोचते रहे कि क्या इस गाँव में कोई भी भगवान का भक्त नहीं है । कैसा कलयुग है। यह सोचते-सोचते उनकी झपकी लग गई ।

मुँह अंधेरे वे उठने ही वाले थे कि एक व्यक्ति का साया संत के पास आकर खड़ा हो गया ।

''कौन हो भाई, और क्या चाहते हो?'' संत ने मधुर वाणी में पूछा ।

पहले तो वह व्यक्ति सहमकर खड़ा रहा फिर हिम्मत कर हाथ जोड़कर बोला, ''मैं हीरा हूँ महाराज ।''

संत ने फिर पूछा ''कौन हीरा? हम नहीं जानते।''

''मैं गाँव का अछूत चमार हीरा हूँ'' व्यक्ति ने बताया। ''जब से आप पधारे मैं सब देख रहा हूँ, आपने भोजन भी नहीं किया, मैं आपकी सेवा भी नहीं कर सकता था। गाँव वाले इस अछूत से नफरत करते हैं, सो अब मैं आपकी सेवा में कुछ आटा-दाल लेकर आया हूँ। रात आप भूखे सोये रहे मुझे अच्छा नहीं लगा। गाँव वालों से कोई भी उम्मीद करना बेकार है। इसलिये मैं

ही आपको देने आया हूँ, यदि आप स्वीकार कर लेंगें तो......। मैं ठहरा अछूत। फिर जैसी आपकी आज्ञा होगी।" कहकर उसने आटे-दाल की पोटली संत से दूर ओटले पर रख दी। सेवा भाव से उसकी आँखें नम थी।

संत ने उसकी भावनाओं को परखा और बोले, ''हीरा भाई, भगवान ने सभी इंसान एक जैसे बनाये हैं। न कोई ऊंचा ना नीचा । भावनायें अलग-अलग हैं। ये बंटवारा तो इंसानों ने किया है। कोई उच्च कुल में जन्म लेकर भी नीच कर्म करे तो वह नीच है । और कोई नीच कुल में रहकर भी उच्च कर्म करता है तो वह उच्च है। यही विधान है। अपने कर्मों से ही व्यक्ति अच्छा या बुरा होता है । भगवान तो बस भावना देखते हैं। तुम्हारी भगत भावना है ईश्वर तुम्हारा भला करे ।" संत ने अच्छे आशीष दिये। हीरा संत को प्रणाम कर और सामान रखकर चला गया ।

संत ने उठकर मन्दिर की सफाई की। खुद स्नान कर मूर्ति को स्नान करवाया। आसपास से कुछ फूल तोड़कर चढ़ाये फिर कुछ आरती-भजन भी किया। तत्पश्चात अपना भोजन बनाया और भगवान को भोग लगाकर उन्होंने भी भोजन ग्रहण किया। जो आते थे वे भी देखते हुए निकल जाते थे । उसी दिन संत ने अपना डेरा वहाँ से उठा लिया और कहीं चले गये ।

करीब दस वर्ष बाद इसी गाँव में संत का फेरा हुआ। इस बार मंदिर में उन्हें कुछ परिवर्तन दिखाई दिया। मन्दिर का ओटला दुरूस्त कर दिया गया था, उस पर पत्थर का फर्श लगा दिया था। मन्दिर के बगल में एक संत निवास भी बना दिया गया था। मन्दिर की छत भी नई डाल दी गई थी। यह सब परिवर्तन देखकर संत को परम संतोष हुआ। उन्हें लगा कि अब कोई भक्त तो है, किसी के हृदय में भाव तो जागे, जिसने यह सब किया होगा । संत ने संत कुटि में डेरा डाल दिया। हीरा उन्हें प्रणाम करने आया। संत उसे पहचान नहीं सके। हीरा ने फिर अपना परिचय दिया। संत अब सब समझ गये। मन्दिर के जीर्णोद्धार की बात जब संत ने पूछी कि गाँव वाले अब क्या भक्त बन गये हैं तो हीरा ने बताया कि यह तो भगवान की कृपा और आपका आशीर्वाद है कि मैंने मन्दिर के लिये धन देना चाहा और गाँव वालों ने उसे स्वीकार कर लिया। इसमें उन्हें अछूत कहीं नजर नहीं आया। मेरे बेटे पढ़-लिख कर अच्छे-अच्छे पदों पर नौकरी करते हैं। रूपयों-पैसों की कोई कमी नहीं है, सब आपका आशीर्वाद है। अब मन्दिर के अन्दर की सफाई मैं तो नहीं कर सकता,

इसलिये थोड़ी धूल और कचरा अवश्य है, इसके लिये क्षमा चाहता हूँ । बाकी बाहर का ध्यान मैं अवश्य रखता हूँ ।”

संत ने हीरा की समर्पण और सेवा की भावना को नमन किया और कहा, ‘‘जात-पात पूछे नहीं कोय, हरि को भजे सो हरि को होय ।”

दूसरे दिन हीरा को आशीर्वाद देकर संत अपने अगले भ्रमण की ओर चल पड़े ।

बुआजी

बुआजी विधवा तो नहीं थी। लेकिन उनके पति को मैंने कभी नहीं देखा । मैं तो बचपन से ही उन्हें अपने घर पर रहते हुए देखता आ रहा हूँ। घर में उनका खासा दखल रहता था। वैसे पिताजी उनसे ज्यादा बात तो नहीं करते थे परन्तु उनका सम्मान अवश्य करते थे और कई मसलों पर उनकी राय भी लेते थे । यूँ तो बुआजी थीं रंगीन मिजाज की, इसमें उनकी उम्र आड़े नहीं आती थी। सजना, संवरना, पिक्चर देखना, टी.वी. आदि की वे बहुत शौकिन थी । मेरे मन में हमेशा यह ख्याल आता था कि वे अपने घर क्यों नहीं जाती ? यहाँ क्यों रहती हैं ?

बुआजी मुझ पर मेहरबान रहती थी, लेकिन मेरी छोटी बहन पर कठोर अनुशासन चलाती थी। माँ भी इस मामले में कुछ भी नहीं बोल पाती थी। इसी वजह से बहन और बुआजी में बिलकुल नहीं पटती थी। रात को देर तक बाहर रहना, श्रृंगार करना, अच्छे कपड़े पहनना, आधुनिक फैशन करना, बुआ को जरा भी नहीं सुहाता था। जब वह तैयार हो कॉलेज जाती तो भी बुआ न जाने क्या सोचकर मुँह बनाती थी। खाने की तो बुआजी शौकीन थी ही, इसलिए चटकारे ले लेकर अच्छी चीजें खाती थी और माँ से भी बनवा लेती थी। बहन के प्रति उनका कठोर व्यवहार मेरी समझ से परे था। मुझे बिलकुल अच्छा नहीं लगता था कि हमारे ही घर में रहकर हम लोगों को बाँध कर रखें।

छोटी बहन मीना को तैयार होकर जाते देख बुआजी ने टोका-
"कहाँ जा रही हो?"

"जी कॉलेज जा रही हूँ।" मीना ने सकुचाते हुए जवाब दिया।

बुआ ने हिदायत दी, "जल्दी लौट आना।"

मीना थोड़ी देर तक बुआजी की ओर देखती रही, फिर बोली, "आज कॉलेज में फंक्शन है, इसलिए देरी हो जायेगी।"

"तो भी जल्दी आना, आजकल जमाने का ठिकाना नहीं है।" बुआ ने अधिकार पूर्वक कहा। मीना मुँह बनाकर नाराज हो चली गई। बुआजी का यह व्यवहार मुझे अच्छा नहीं लगा ।

एक दिन बुआजी पड़ोस में सत्यनारायण भगवान की कथा सुनने चली गई थी। अवसर पाकर मैंने माँ से बुआजी के बारे में प्रश्न किया कि

वे हमारे यहाँ ही क्यों रहती हैं? क्या उनके बेटा-बेटी, पति और घर-बार नहीं है? माँ ने लम्बी सांस छोड़ते हुए बताया कि उनकी सुसराल की हालत ठीक नहीं थी। उनके पति क्रांतिकारी थे, वे हमेशा नेतागिरी में लगे रहते थे । बड़े देश-भक्त बनते थे। तुम्हारे दादा जी भी नेता थे, इसी के चलते फूफाजी उनके सम्पर्क में आये। उन दिनों जुलूस, हड़ताल, धरना आदि आन्दोलन का जोर था। दादाजी भी इन्हीं देश-भक्ति के कामों में लगे रहते थे। इसी माहौल में उन दोनों की मुलाकातें गहरी होती रही। फूफाजी का प्रभाव दादा जी पर पड़ा। इसी प्रभाव के कारण उन्होंने अपनी बेटी यानि तेरी बुआ का विवाह उनसे कर दिया। विवाह के पश्चात कुछ दिनों तक तो ठीक चलता रहा । इन दौरान बुआ को दो बच्चे, एक लड़का और एक लड़की भी हुए । विवाह का आकर्षण खत्म होने और बीबी-बच्चों एवं घर की जवाबदारी से बचने के लिये वे पुनः राजनीति में सक्रिय होने लगे ।

धीरे-धीरे घर-गृहस्थी से लापरवाह होते चले गये । उनके नाम कुछ जमीन थी, जिसकी आमदनी से घर चलता रहा । वे भी कभी-कभी घर आ जाते थे । धीरे-धीरे उनका घर आना कम हो गया। बच्चों को बुआ ने ही पढ़ाया । पिता को बच्चों की कोई चिन्ता नहीं थी। लड़की जवान हो गई थी, कॉलेज में पढ़ती थी। पिता की देख-भाल का अभाव होने से वह किसी के साथ भाग गई और लव मैरिज कर ली। वह कहाँ है कुछ पता नहीं। इतना सब होने पर भी बाप को कोई परवाह नहीं थी। पिता को भी इस घटना की खबर थी लेकिन वह अनजान बने रहे। कुछ दिनों बाद उन्होंने घर हमेशा के लिए छोड़ दिया। न ही घर आते, न किसी के सम्पर्क ही रखते। बेटा था वह अच्छी डिग्री लेकर बहुत दूर नौकरी पर चला गया। किसी दूर के प्रदेश में उसकी नौकरी थी। उसकी भी शादी कर दी। बीबी को साथ लेकर वह भी चला गया। अब बुआजी अकेली रह गई थी। मकान भी किराये का था। वह भी खाली करवा लिया गया। थोड़ी-सी जो जमीन थी वह भी फूफाजी ने न जाने कब बेच दी थी। फूफाजी को विरोधी पार्टी वालों ने एक झूठे षडयंत्र में फंसा दिया । उन्हें लम्बी सजा हो गई । सजा पूरी होने पर छूटकर वे कहाँ चले गये किसी को नहीं पता। तेरे पिताजी की बस एक ही बहन है, वह भी उनसे बड़ी, इसलिये वे उन्हें अपने साथ अपने घर ले आये। शायद उनकी लड़की के साथ

जो हुआ उसी की प्रतिक्रिया में वह मीना पर भी सख्त रवैया अपनाती है ।

बुआजी के बारे में मैं अब अच्छी जानकारी रखता था और बेटियों के लिये उनकी सख्ती भी समझ में आ गई, क्योंकि उनकी बेटी जो भाग गई थी। इसीलिये वे मीना के लिये भी सावधानी रखती थी। कुछ दिनों बाद बुआजी किसी तीर्थ दर्शन के लिये चार-पाँच दिन बाहर चली गई। उनके जाने से यों तो अच्छा लगा लेकिन घर उनके बिना सूना लगने लगा। चार-पाँच दिनों के बाद वापस लौट आई। अपने साथ कुछ मिठाई और अन्य सामग्री भी लेती आई ।

मेरी छोटी बहन मीना अब सयानी हो गई थी। माँ और पिताजी उसके रिश्ते को लेकर चिन्तित रहने लगे। उसने एम.एस.सी. अच्छे अंकों से पास कर ली थी, तो स्वाभाविक था कि उसका विवाह कर दिया जाये । कई लोग उसके रिश्ते के लिये आने लगे। लेकिन किसी न किसी वजह से रिश्ता जम नहीं पाया। मीना बहुत शर्मीली और भोली लड़की थी। उसके मन को कोई नहीं समझना चाहता था। सब अपनी-अपनी बात रख रहे थे। आखिर उसके जीवन का प्रश्न था, उसकी भी सोच महत्वपूर्ण थी। एक रिश्ता बहुत दूर से आया। लड़का भी घर आया, मीना को देखा और पसन्द भी कर ली। लड़का स्मार्ट, पढ़ा-लिखा और कमाऊ था। किसी प्राइवेट कम्पनी में इंजीनियर था। दोनों पक्षों को ही रिश्ता जम गया। आगे की बातें होने लगी, लेन-देन पर बात अटक गई। पिताजी ने अपनी क्षमता अनुसार और उससे भी अधिक देने का प्रस्ताव किया। लड़के पक्ष के लोग मानने को तैयार ही नहीं थे ।

बात तो नहीं बनी, लेकिन वे यह कहकर चले गये कि आपकी बात पर विचार करेंगे। वे लोग चले तो गये लेकिन घर का महौल बोझिल हो गया । माँ-पिताजी को कुछ न कुछ करने का आग्रह करती रही। क्योंकि रिश्ता अच्छा था। मीना को भी लड़का पसन्द था। लेकिन पिताजी सब जतन कर हार गये थे, वे मजबूर थे, क्या कर सकते थे। उन्हें भी दुःख हो रहा था कि ऐसा रिश्ता हाथ से जा रहा था। कुछ दिनों बाद उन लोगों को जवाब देना था कि उनकी माँग मान रहे या नहीं। अब क्या करें-क्या न करें? समझ नहीं पा रहे थे। आखिर उधर से फोन आ ही गया कि आपने क्या विचार किया है ?

पिताजी ने नम्रतापूर्वक एक-दो दिनों में जवाब देने का कह उन्हें टाल दिया। रिश्ता तो अब टूटने के कगार पर ही था, इसके अलावा कोई और उपाय भी न था। पिताजी बहुत चिन्तित और मानसिक तनाव में थे। तभी बुआजी ने उन्हें ढाढस बँधाया। उन्होंने दृढ़तापूर्वक पिताजी से कह दिया कि

वे रिश्ते के लिये हाँ कह दे। सब इन्तजाम हो जाएगा। सब सकते में आ गये। सब एक-दूसरे का मुँह देखने लगे। पिताजी यह जानते थे कि यह इतना आसान नहीं था। इन सब बातों का बुआजी पर कोई असर नहीं पड़ा। वे तो केवल रिश्ते की हाँ करवा रही थी। क्योंकि वे जानती थी कि ऐसा अच्छा रिश्ता नहीं मिलने का। मेरी बेटी मीना वहाँ राज करेगी। उनका हृदय परिवर्तन देख सब अचम्भित थे। रिश्ते की हाँ कह दी गई।

अब तो बुआजी मीना को बहुत प्यार करने लगी। वे उसे हमेशा अपने पास रखती। अच्छी शिक्षा और नसीहतें देती। माँ-पिताजी रिश्ता तय करके मुसीबत में फंस गये। उन्हें चिन्ता थी कि कैसा होगा? क्या होगा? पिताजी को चिन्तित देख बुआजी ने उनसे पूछा, ''तुझे कितना रूपया चाहिये ?''

''करीब तीन लाख।'' पिताजी ने ठंडी सांस लेकर कहा।

''ठीक है, हो जायेगा इन्तजाम।'' बुआजी ने पिताजी को आश्वस्त किया।

विवाह के कुछ दिन पूर्व बुआजी फिर कहीं चली गई। और दो-तीन दिनों बाद लौट आई, लौटकर उन्होंने पिताजी के हाथ पर तीन लाख रूपये रख दिये। सभी आश्चर्य से बुआजी को देख रहे थे। रूपये देख सबकी आँखें खुशी से नम हो गई। सब की आँखों में एक ही प्रश्न तैर रहा था कि बुआजी के पास आखिर इतना पैसा कहाँ से आया? विवाह आनन्द से सम्पन्न हो गया। मीना सुसराल चली गई। विदाई में बुआजी बहुत रोयी।

एक दिन हम सब बैठकर बतिया रहे थे। पिताजी ने बुआजी से पूछा, ''बाई तू इतना रूपया कहाँ से ले आई?'' बुआजी ने बताया कि उनके पति मृत्यु पूर्व कुछ पैसा जोड़कर एक प्लाट खरीद गये थे। बुआजी को भी इसका पता नहीं था लेकिन वकीलों ने उन्हें इसके बारे में बताया। क्योंकि खरीदने वाले चाह रहे थे कि वह प्लाट उन्हें मिल जाये, बुआजी ने वह प्लाट बेच दिया। करीब पाँच लाख की कीमत आई। वह पैसा उन्होंने बैंक में जमा कर दिया था।

''वही पैसा मैं ले आई।'' उन्होंने कहा ''तुम लोगों के सिवा मेरा है ही कौन? तुम लोगों ने मेरे लिये इतना कुछ किया तो मैं अपने भाई और मेरी बेटी मीना के लिये, उसके विवाह के लिये इतना भी नहीं कर सकती।'' उनके त्याग से सबकी आँखें डबडबा गई। कोई भी कुछ नहीं बोल पा रहे थे।

अन्नी

"अन्नी.....अन्नी....." कहता हुआ वह रोये जा रहा था ।
उसका पिता राकेश उस तीन साल के बच्चे को समझाते हार गया था। बच्चा चुप रहने का नाम नहीं ले रहा था। राकेश हार गया था जिन्दगी से भी और अपनी बदनसीबी से भी। क्या करता वह बेचारा, भगवान ने ही कुछ ऐसा रचा था उसका दुर्भाग्य ।

सात वर्ष पहले तनुजा जब उसकी जिन्दगी में आई थी, तब वह बहुत खुश था । उसका स्वयं का बचपन तो मामा के यहाँ ही गुजरा। वहीं उसने पढ़ाई की और बड़ा हुआ। उनके प्रेमपूर्वक लालन-पालन को वह हमेशा याद रखता है और उनका आभारी है । उन्हीं के आशीर्वाद से ही वह आज एक अच्छा जीवन जी रहा है ।

तनुजा से उसका विवाह करीब सात साल पहले हुआ था । एक सादगीपूर्ण विवाह समारोह में उसने तनुजा को मंगलसूत्र पहनाकर अपनी जीवन संगिनी बनाया था। उसके साथ राकेश ने अपने जीवन की नई शुरूआत की थी । राकेश सरकारी नाप-तौल विभाग में क्लर्क की नौकरी करता था। उस नौकरी की थोड़ी-सी तनख्वाह में भी पति-पत्नी दोनों आराम से रह रहे थे ।

जब विवाह हुए दो साल गुजर गये और तनुजा माँ नहीं बन पाई तो उनका अपना जीवन सूना लगने लगा । माँ बनने के लिये उन्होंने साधु-सन्तों, पीर-फकीर, जादू-टोना आदि की शरण ली। कई डॉक्टरों को बताया। लोगों ने जहाँ भी उम्मीद बँधायी, वे वहाँ-वहाँ गये लेकिन जीवन में खुशी की किरण न आ सकी ।

"अजी सुनते हो" खुशी से चहकते हुए तनुजा ने राकेश से कहा, "भगवान ने हमारी सुन ली, मैं अब माँ बनने वाली हूँ।"

राकेश रोज की ही तरह अखबार में मुँह डाले अखबार पढ़ता रहा । एक बार तो राकेश ने तनुजा की बात पर ध्यान नहीं दिया, लेकिन फिर बात को समझा तो खुशी से उसका चेहरा खिल उठा। उसे लगा मानो उनके मन की मुराद पूरी हो गई हो। वह तपाक से उठा और तनुजा को बाहों में भरकर बोला, "तनु भगवान ने आखिर हमारी सुन ली। अब हमारा जीवन संवर जायेगा।"

कुछ माह बाद तनुजा की गोद में एक बच्चा खेल रहा था। दोनों

को लगा जैसे तीनों लोक की खुशियाँ उन्हें प्राप्त हो गई हो। उन्हें अब और किसी चीज की हसरत नहीं थी। समय गुजरता गया वे दोनों बच्चे के प्यार के सहारे अपने दुःखों को भूलकर अपना जीवन खुशी-खुशी गुजारने लगे । ऐसे ही तीन साल कैसे गुजर गये पता न चला ।

एक दिन तनुजा चौका-चूल्हा समेट कर धुले हुए कपड़े सूखने के लिये रस्सी पर डाल रही थी। राकेश खाना खाकर ऑफिस जा चुका था । बच्चा आँगन में खेल रहा था कि अचानक तनुजा का पेट बहुत जोरों से दुखने लगा। वह तड़प उठी। पहले तो उसने सहन करने का प्रयास किया लेकिन दर्द था कि वह बहुत बढ़ गया। जब दर्द असह्य हो गया तो उसने पड़ोसन मौसी की ओर कातर नजरों से देखा और जोर की आवाज दे गिर पड़ी। मौसी दौड़कर उसके पास आई और बड़ी मुश्किल से उसे उठाकर पलंग तक ले गई और लिटा दिया। मौसी ने दो-तीन बार उससे पूछा भी कि क्या हुआ, लेकिन वह न बता पाई। मौसी दौड़कर पास वाले शर्मा को बुला लाई और उन्हें राकेश को फोन करके तुरन्त बुलवाया। शर्मा जी ने राकेश को फोन कर जल्दी घर आने को कहा। तब तक किसी ने रिक्शा बुला लिया। रिक्शा आया तब तक राकेश भी घर पहुँच गया। भीड़ देख घबराया। तनुजा को बेहोश देख तो उसे कुछ समझ न आया। रिक्शा में तनुजा और राकेश को लोगों ने अस्पताल रवाना किया, साथ ही मौसी भी थी। मौसी ने तनुजा को गोद में सम्भाल रखा था। हालत बिगड़ती जा रही थी। एक अस्पताल पहुँचे तो डॉक्टर नहीं था। तत्काल दूसरे अस्पताल ले जाया गया। डॉक्टर ने जाँच की और मामले की गंभीरता को देखते हुए तत्काल ऑपरेशन का निर्णय लिया ।

प्रारम्भिक जाँच और लक्षणों को देख डॉक्टर समझ गया था कि अपेन्डिस पक गई थी और बॅस्ट हो गई है जिसका जहर अन्दर फैलने लग गया है । इसीलिये ऑपरेशन करना बहुत जरूरी था। डॉक्टर ने राकेश को समझाया कि ऑपरेशन करना होगा जिसका अनुमानित खर्च दो हजार होगा। ऑपरेशन शुरू हो गया। राकेश के पास तो इतना पैसा था नहीं, लेकिन तनुजा की जान बचाने के लिये यह आवश्यक था। राकेश हताश और निराश था। वह परिस्थितियों के कारण डर से कंपकंपा रहा था। उसकी बुद्धि जड़ हो चुकी थी।

ऑफिस के साथियों और मोहल्ले के लोगों ने तत्काल रूपयों का इन्तजाम किया और रूपया जमाकर दिया गया । ऑपरेशन हो गया । डॉक्टर बाहर आया तो उसने बताया कि ऑपरेशन तो हो गया है लेकिन खतरा टला नहीं है। मरीज यदि २४ घंटे ठीक से निकाल ले तो ठीक हो जायगा। आगे ईश्वर है। लगातार सलाईन चढ़ती रही। राकेश और उसके मित्रगण वहीं बने रहे। मौसी तनुजा के पास थी। करीब पाँच घन्टे बाद तनुजा की हालत बिगड़ने लगी। डॉक्टर को बुलाया गया। सम्भालने की कोशिशें की गई लेकिन कुछ समय बाद ही तनुजा, राकेश और बच्चे को बिलखता छोड़ इस दुनिया से चली गई। राकेश दहाड़े मार रो रहा था। बच्चे को मौसी ने सम्भाला। उसके मित्र उसे शव से अलग करते। यह दृश्य देखने वालों की भी आँखें भर आई ।

ऐसे दुःखद वातावरण में राकेश को ढांढस बँधाना बेकार-सा हो रहा था। उसे समझा-बुझाकर तनुजा का अन्तिम संस्कार कर दिया गया ।

अब राकेश को यह घर सूना-सूना लगने लगा। कभी इसी घर में जीवन की खुशियाँ बिखरी हुई थी और आज....। उसे लगने लगा कि अब जीवन में बचा ही क्या है? लेकिन यह बच्चा? "हाँ...हाँ मुझे इस तनुजा की अमानत के लिये जीना होगा, इसका भविष्य बनाना होगा, लेकिन तनुजा तुम......।" और वह रोने लगा।

कभी बच्चा रोता तो वह उसे गले लगाकर चुप कराता और चुप कराते-कराते खुद भी रोने लगता। फिर बच्चे की ओर देख अपने आँसू पी जाता। पिता होने के कारण वह अपने कर्तव्य समझता था । बच्चेको बहला-फुसलाकर समझा देता कि उसकी अन्नी जरूर आयेगी। बच्चे ने अपनी माँ को लोगों द्वारा जिधर ले जाते देखा था, बच्चा उधर ही हाथ उठा अंगुली दिखाकर कहता- "अन्नी..अन्नी..अन्नी।"

लल्ली

लल्ली टकटकी लगाये बड़े मासूम और हीन भाव से उस रिक्शे को देख रही थी, जिसमें शर्मा जी के बच्चे अक्षय और नीरा बैठकर स्कूल जा रहे थे। शर्मा जी दसी मोहल्ले में रहते हैं। वे किसी विभाग में अच्छे पद पर हैं। लल्ली के पापा वासुदेव और शर्मा जी में अच्छी पटती है ।

एक वर्ष पहले तक लल्ली सरकारी स्कूल में पढ़ती थी । वहाँ से उसने छठी कक्षा अच्छे नम्बरों से पास की थी। शर्मा जी के बच्चे किसी अच्छे प्राइवेट स्कूल में जाते थे। उन्होंने वासुदेव को भी लल्ली को उसी स्कूल में प्रवेश दिलवाने को कहा। लल्ली पढ़ने में बहुत होशियार थी, यह शर्मा जी जानते थे। वासुदेव ने ना नुकुर की, लेकिन शर्मा जी ने लल्ली के एडमिशन की सारी व्यवस्था कर दी। अब लल्ली भी शर्मा जी के बच्चों के साथ ही रिक्शे में बैठ स्कूल जाती थी। वासुदेव का मन कसमसा कर रह गया। उसका दर्द यह था कि वह इस प्राइवेट स्कूल की फीस कैसे जमा कर पायेगा । युनीफार्म, पुस्तकें, रिक्शा किराया, आदि की व्यवस्था वह कैसे कर पायेगा। अभी तो सब इन्तजाम शर्मा जी ने कर दिया, लेकिन आगे का......?

शर्मा जी तो अच्छी नौकरी में थे, इसलिये वे खर्च उठा सकते थे, लेकिन वासुदेव की आर्थिक स्थिति ऐसी नहीं थी। कुछ समय तो जैसे-तैसे निकल गया। बाद में फीस और अन्य सामग्री क्रय करने के कारण उसकी आर्थिक स्थिति डगमगा गई। वह वर्ष समाप्त हुआ। लल्ली अच्छे अंकों से पास हुई। अगली कक्षा में पहुँच गई। वासुदेव उसे अब उस स्कूल में नहीं पढ़ाना चाहता था। इसलिये उसने लल्ली को वहाँ से निकालकर दूसरे स्कूल में प्रवेश करवाने की सोची। यह बात शर्मा जी को मालूम हुई, वे वासुदेव के घर आये, उसे बहुत समझाया कि बच्ची के भविष्य की बात है, ऐसा मत करो ।

वासुदेव ने अपनी आर्थिक स्थिति का दुखड़ा रोया और असमर्थता बताई । शर्मा जी ने उसकी एक न सुनी और कहा कि तुम रिक्शा के पैसा बचा सकते हो, यदि तुम लल्ली को स्कूल साइकिल पर छोड़ आओ, भाभी उसे स्कूल से ले आवे। बड़ी मुश्किल से वासुदेव राजी हुआ । अगले दिन से लल्ली शर्मा जी के बच्चों के साथ रिक्शा पर न जाकर पापा की साइकिल पर स्कूल जाने लगी ।

लल्ली पापा के साथ रोज साइकिल पर जाती और उसकी माँ उसे स्कूल

से घर ले आती। कभी-कभी वासुदेव किसी काम में उलझ जाता और समय पर स्कूल छोड़ने नहीं पहुँच पाता तो लल्ली को बहुत बुरा लगता था। क्योंकि अन्य बच्चे रिक्शे में बैठकर निकल पड़ते और वह पापा के न आने पर उनका इन्तजार किया करती थी। लेट हो जाने की स्थिति में पापा जल्दी-जल्दी साइकिल चलाते, जिससे दुर्घटना का भय बना रहता था ।

ऐसे ही एक दिन रिक्शे में बैठे अन्य बच्चे लल्ली से बॉय-बॉय कहते हुए स्कूल जा रहे थे। लल्ली की आँखें नम हो आई। घर के बाहर खड़ी-खड़ी वह सोचने लगी कि गरीबी भी क्या चीज है, गरीब होना भी एक अभिशाप है। गरीबी के कारण ही उसकी क्लास के बच्चे उससे दोस्ती करने से कतराते हैं, हर कोई उससे दूरी बनाये रखना चाहता है। वह यह सोच ही रही थी कि उसके पापा आ गये और वह साइकिल पर सवार हो स्कूल की ओर चल पड़ी। वासुदेव लल्ली के स्वभाव को जानता था, उसे मालूम था कि लल्ली स्वाभिमानी है, इसलिये कुछ नाराज है। उसने लल्ली से पूछा, ‘‘क्यों बेटा क्या बात है, आज बिलकुल चुप है?’’

गरीबी-अमीरी से आहत भरे गले से उसने पापा से कहा ‘‘पापा, हम गरीब हैं ना, इसीलिये आप मुझे रिक्शे से स्कूल नहीं भेजते। रिक्शे वाला बहुत पैसे लेता है ना, जो हम नहीं दे सकते। तो क्या हुआ आप तो रोज यूँ ही साइकिल से स्कूल छोड़ आया करो, अपना ही पैसा बचेगा तो और कुछ काम आयेगा ।’’

उसे लगा कि उसकी छोटी सी बेटी कितनी सयानी हो गई है । गरीबी-अमीरी जानती है। उसने उसके दुःखी मन को पढ़ा और अपनी गरीबी को बहुत कोसा। भारी मन लिये वह लल्ली को स्कूल छोड़ आया। घर पहुँच साइकिल बाहर स्टैंड पर खड़ी कर घर में घुसकर पलंग पर बैठ रोने लगा । उसकी पत्नी तेजी से उसके पास आई कुछ समझ न पाई पूछ, ‘‘क्यों क्या बात हो गई बताओ तो, ऐसा क्या हो गया है, मुझे भी तो पता चले ।’’

वासुदेव को पत्नी ने ढांढस बँधाया तब वह चुप हुआ। बोला, ‘‘आज इस गरीबी के कारण ही मेरी छोटी-सी बच्ची के मन में दुःख है, इस गरीबी के ग्रहण के कारण ही छोटे बच्चों के मन को पीड़ा होती है, मैं क्या करूँ ?’’ कुछ देर बाद वासुदेव काम पर चला गया ।

एक दिन लल्ली का जन्मदिन मनाया गया। वासुदेव ने लल्ली के मित्रों को भी बुलाया, उनके लिये नाश्ते का भी इन्तजाम किया। लेकिन

उसे देखकर दुःख हुआ कि दो-चार मित्रों के अलावा कोई नहीं आये । यहाँ भी गरीबी-अमीरी आ खड़ी हुई, वाह रे जमाने । लल्ली के जन्मदिन पर वासुदेव ने लल्ली को नये कपड़े ला दिये। कपड़ों को देख लल्ली बोली, ''पापा आप मेरे लिये कपड़े क्यों लाये, बहुत पैसे लगे होंगे, इनकी अभी कोई जरूरत नहीं थी । मेरे पास अभी कपड़े हैं ।'' कहकर उसने अपने मन को समझाया ।

एक दिन वह होमवर्क कर रही थी। उसके मम्मी-पापा पास वाले कमरे में बातें कर रहे थे। घर के खर्च पर ही चर्चा चल रही थी। उसकी माँ, पापा को समझा रही थी कि मैंने लल्ली की भावनाओं को समझा है कि किस प्रकार बाल मन पर बातें प्रभाव करती हैं। उसके साथ के बच्चे रिक्शा में जाते हैं, वह साइकिल पर इस बात का उसके साथ-साथ अन्य बच्चों पर भी प्रभाव होता है, क्लास में भी और बाहर भी। क्योंकि पाँच-दस ही ऐसे बच्चे होंगे, जिन्हें उनके पालक साइकिल पर छोड़ते होंगे ।

वासुदेव ने पत्नी को समझाया कि वह पाँच सौ रूपये रिक्शे के नहीं दे सकता है। लल्ली यह सब बातें सुन रही थी ।

वासुदेव लल्ली को जब स्कूल छोड़ने जाता तो वह उसके मन के भावों को पढ़ता था। उसको देख उसका मन रो उठता था। लेकिन अपनी बेबसी पर वह चुप था। उसने मन ही मन निश्चय किया कि अब वह कुछ अतिरिक्त काम करके रूपया कमायेगा और लल्ली को रिक्शे से ही स्कूल भेजेगा । उसने एक काम ढूंढ भी लिया। कारखाने से लौटकर वह अतिरिक्त काम करता, उससे उसे एक हजार रूपये मिल जाते। उसने लल्ली के लिये रिक्शा फिर लगवा दिया। उसके मस्तिष्क में यह बात याद आती कि किस तरह लल्ली टकटकी लगाकर रिक्शे को देखती रहती थी। अब उसे संतोष था कि उसने लल्ली के मन को समझा।

इस वर्ष लल्ली ने पूरी कक्षा में प्रथम स्थान प्राप्त किया । उसको प्रोत्साहन स्वरूप विद्यालय प्रबन्धन ने उसे रिक्शा फ्री कर दिया। तो लल्ली पापा के गले लगकर रोने लगी, ''पापा आप एक्स्ट्रा काम करते थे ताकि मैं रिक्शे से स्कूल आ सकूँ। आप मेरे लिये दिन-रात काम करते हैं, अब मत करना । हम भी किसी दिन अमीर बन ही जायेंगे। मैं अपनी तरफ से पूरी मेहनत करूँगी।''

''मेरी बच्ची……। सब ठीक हो जायेगा। तू चिन्ता मत कर। बस अपनी पढ़ाई की ओर ध्यान दें।'' और वासुदेव ने उसे गले लगा लिया ।

पश्चानुताप

दोनों की ही आँखों में से आँसू झर रहे थे। दोनों ही पश्चाताप की आग में जल रहे थे। ये झरते आँसू उस विरह की आग को ठंडा कर रहे थे जो बहुत समय से उनको जलाये जा रही थी। वे एक-दूसरे से नजर नहीं मिला पा रहे थे। दोनों को ही अपनी भूल का एहसास हो रहा था। विवाह के समय लिये गये सात फेरों और उनके सातों वचन वे ठीक से नहीं निभा पाये थे ।

शीला को बीते दिन याद आ रहे थे, जब वह दुल्हन बनकर राजेश के घर आई थी। राजेश एक हष्ट-पुष्ट शरीर का मालिक था । शीला को वह एक नजर में भा गया था। दोनों अपने वैवाहिक जीवन का आनन्द ले रहे थे । राजेश के पिता अक्सर बीमार रहते थे। कुछ दिनों के बाद ही वे चल बसे । अब घर में केवल राजेश और शीला ही रह गये । राजेश प्रापर्टी का काम करता था, अच्छी आय हो जाती थी । अब तो उनके दो बच्चे भी थे। सब मिलकर बहुत प्यार से रहते थे । अब राजेश का व्यवहार धीरे-धीरे बदलने लगा था। वह शीला और बच्चों के प्रति लापरवाह होता जा रहा था । प्रायः रोज ही वह देरी से घर आने लगा था। अपने दोस्तों के साथ शराब के दौर भी चलने लगे थे, कभी-कभी खाना भी बाहर ही खा लेता था। शीला और राजेश की दूरियाँ अब बढ़ती जा रही थी। शीला को राजेश की ये हरकतें बिलकुल पसंद नहीं थी। पर वह कुछ भी बोलती नहीं थी, कुछ बोलती तो आपस में विवाद हो जाता था लेकिन ये सब शीला सहन करती भी तो कब तक। उसका परिवार बिखरता जा रहा था। इधर राजेश दिन-ब-दिन ज्यादा ही पीने लगा था। न बच्चों को प्यार करता न शीला को पूछता ।

एक दिन राजेश नहाकर निकला तो उसके कपड़े वहाँ न पाकर उसने शीला से अपने कपड़ों का पूछा। शीला ने अनसुना कर दिया और किचन में ही काम से लगी रही। न जाने क्यों उसका मन अब राजेश से रूठा हुआ था। तब राजेश ने लगभग चीखते हुये फिर शीला से कपड़ों का पूछा। शीला हाथ पोछते हुए किचन से बाहर आकर खड़ी हो गई, पर बोली कुछ नहीं । राजेश ने क्रोध से उसको देखते हुए पूछा, "मेरे कपड़े कहाँ हैं?"

शीला ने एक ठण्डा-सा जवाब दे दिया, "आपकी आलमारी में रखे हैं।"

"यहाँ लाकर क्यों नहीं रखे?" राजेश ने पूछा।

''किचन में काम कर रही थी, आप ही निकाल लेते।'' शीला ने जवाब दिया ।

शीला का बस ये जवाब देना था कि राजेश आग-बबूला हो गया ।

''आजकल मैं देख रहा हूँ तुम्हारा दिमाग बहुत चढ़ गया है, कोई भी जवाब ठीक से नहीं देती हो।'' शीला ने सुना, शान्त भाव से खड़ी रही और फिर किचन में चली गई। उसने बहस करना ठीक नहीं समझा। उसे नाश्ता भी करना था। राजेश तैयार हो गया तो शीला ने नाश्ता टेबल पर लगा दिया ।

''तुम नाश्ता क्यों नहीं कर रही हो?'' राजेश ने प्रश्न भरी निगाह से उसको देखा। शीला ने नजरें नीची कर ली और प्लेट में नाश्ता परोसने लगी ।

नाश्ता करके राजेश चला गया। उसके जाने पर शीला दरवाजे पर पड़े परदे को पकड़कर सुबकने लगी। अपने मन का दर्द बताती भी तो किसे । राजेश उससे दूर होता जा रहा था, अब वह न उससे प्यार करता न ही कोई बात । यह वही राजेश है जो उसके बगैर नहीं रहता था, उसे बहुत प्यार करता था। इसमें मेरा क्या कसूर है? वह तो अब रोज ही पीने लगा है, आमदनी भी कम हो गई, बच्चों की ओर भी ध्यान नहीं देता। 'मैं तो उससे आज भी उतना ही प्यार करती हूँ लेकिन वह ....।'

अब दोनों में बहुत ही कम संवाद होता था। शीला बच्चों और घर की आवश्यक चीजों के बारे में राजेश को बता देती थी। दोनों अब कभी भी एक साथ बाहर नहीं जाते थे। ऐसे कई माह बीत गये। राजेश का व्यवहार बिगड़ता ही गया, यहाँ तक कि एक दिन उसने शीला पर हाथ उठा दिया । शीला का धैर्य समाप्त होता जा रहा था। इसी बहस में उसने भी अपने दर्द का इजहार राजेश पर कर दिया ।

''मैं देख रही हूँ, आपके बदले हुए व्यवहार को, पहले तो आप ऐसे न थे, मुझ पर और बच्चों पर ध्यान देते थे, हमें प्यार करते थे लेकिन अब......... (उसके मुँह से शब्द न निकल पाये) ।''

''हाँ.....हाँ मैं तो बदचलन, आवारा और शराबी हूँ, यही कहना चाहती हो ना? मैं अब घर में ध्यान नहीं देता, मैं, तुमसे और बच्चों से प्यार नहीं करता, मैं बदल गया हूँ। बस यही कहना चाहती हो ना तो ठीक है, मैं तो अपने को नहीं बदल सकता हूँ, यदि तुम चाहो तो........।'' राजेश क्रोध में

कह गया लेकिन शीला को लगा मानो उसे किसी ने गरम सरिये से दाग दिया हो, वह तिलमिला गई। सामान पटकती, रोती हुई वह अपने कमरे में जा पलंग पर रोती रही ।

राजेश घर से कब चला गया पता नहीं। शाम के चार बज रहे थे, बच्चों का स्कूल से आने का टाइम हो चला था। इतना रोने पर शीला का मन अब कुछ हल्का हुआ। उसे अपने अहं से अधिक अपने घर और बच्चों से प्यार था। इसलिये मन मारकर वह उठी, कपड़े व चेहरा-बाल ठीक किये और सामान्य होने का प्रयास किया। बच्चे भी आ गये थे, उनके कपड़े चेंज कर चाय नाश्ता करवाया। बच्चों को देखकर उसने अपने मन पर पत्थर रखा और इस आशा के साथ किचन में चली गई कि शायद राजेश को भी उसके व्यवहार पर पछतावा हो जाये, वह फिर प्यार करने लगे। राजेश फिर देर रात घर लौटा, खाने को कहा तो बोला वह बाहर खाकर आया है ।

यह खाई और बढ़ती गई और उनका दाम्पत्य जीवन न के बराबर रह गया । कोई किसी से बात तक न करता। बेचारे बच्चों को कुछ समझ में न आता था कि उनके मम्मी-पापा दूसरों के मम्मी-पापा जैसे क्यों नहीं रहते, उन्हें प्यार क्यों नहीं करते। न तो हमारे साथ खेलते हैं और न ही हमें कहीं घुमाने ले जाते हैं। शीला अन्दर ही अन्दर घुटकर आधी रह गई थी। आँखों के नीचे कालिमा उभर आई थी। एकान्त पा वह अकेले में अपने भाग्य पर रो लेती थी। एक दिन तो हद हो गई। राजेश ने किसी बात पर बहुत जोरों से डाँटा और मारा भी। गुस्से में यहाँ तक कह दिया ।

"यहाँ तुम्हारा दम घुटता है, तुम यहाँ नहीं रहना चाहती हो तो तुम कहीं भी जा सकती हो, यू कैन गो।" बस इतना सुनना था कि शीला के पैरों के नीचे से जमीन निकल गई। उसे अपना जीवन ही व्यर्थ लगने लगा ।

ऐसे माहौल में वह जी कर क्या करेगी वह अपने जीवन से बिल्कुल निराश हो गई, लेकिन बच्चों की ओर देखा तो उसका मातृत्त्व जाग उठा और उसने जीने का मन बना लिया ।

एक दिन वह राजेश का घर छोड़कर बच्चों के साथ अपने मायके आ गई। मायके में केवल उसके बूढ़े माँ-बाप ही थे। उनको तो खुद ही सहारा न था वे उसे क्या सहारा देते। ऐसे में भी शीला ने हिम्मत न हारी लगातार काम की तलाश में भटकती रही। आखिर एक दिन उसे एक प्राइवेट हाई स्कूल में टीचर रख लिया गया। स्कूल से आने के बाद कुछ सिलाई का भी काम कर लेती। घर आराम से चलने लगा। उसकी मेहनत और लगन से उसने आमदनी

बढ़ा ली। स्कूल में भी उसकी तनख्वाह अच्छी हो गई। उसका स्वाभिमान जाग उठा। उसने अपनी हिम्मत से जिन्दगी जीने का मन बना लिया। बच्चों को अच्छे स्कूल में एडमिशन करा दिया। उसके यहाँ रहने से माता-पिता को भी अच्छा सहारा मिल गया ।

राजेश उसी शहर में रहता था, इसलिये कभी-कभी दिखाई दे जाता था। लेकिन नजरें न मिला पाता था। ऐसे ही तीन वर्ष बीत गये। दोनों को ही अपने साथ बिताये गये दिनों की याद कचोटती थी। लेकिन पहल करे कौन? राजेश को भी अपनी गलतियों का एहसास होने लगा। इतनी सुशील और सुन्दर पत्नी के साथ उसने जो व्यवहार किया वह ठीक न था। और वे प्यारे बच्चे... ....उनका क्या कसूर है। पत्नी के घर से जाने के कारण समाज में और मित्रों में प्रतिष्ठा गिर गई थी। आमदनी भी नाममात्र की रह गई थी। उसने अब अपनी आदतों को सुधारने का प्रयास किया। वह सुबह जल्दी उठता स्नान कर मंदिर जाता। खुद खाना बनाता और काम पर निकल जाता। शराबियों से दूर ही रहता। समय पर घर आ जाता। घर उसे काटने को दौड़ता। बच्चों की याद आती, वह सो नहीं पाता था। शीला के बिना उसका जीवन अधूरा था, लेकिन अहं के कारण वह झुकना नहीं चाहता था ।

एक दिन उन्हें उनके किसी घनिष्ट मित्र के यहाँ शादी में जाने का अवसर आया । वहाँ दोनों ही मिले। एक-दूसरे को देखा और निगाहें चुरा ली । समारोह में एक समय ऐसा भी आया, जब लॉन में केवल वे दोनों ही थे । निकटता से दोनों के दिलों की धड़कनें बढ़ने लगी। दोनों के हृदय में प्रेम उमड़ पड़ा । नजरें मिली, प्यार जागा लेकिन शब्द मुँह से निकल नहीं पा रहे थे ।

"तुम कैसी हो?" राजेश की खनकती हुई आवाज आई ।

उसकी भी आँखों में जल कण उभर आये थे। "ठीक हूँ.. और आप?" शीला ने पत्नी का फर्ज निभाया ।

दोनों के हृदय के कठोर बंधन टूट चुके थे । दोनों एक-दूसरे के गले लग गये, एक-दूसरे से क्षमा माँगने लगे ।

"तुम बिन मैं अधूरा था.......शीला।" राजेश आगे बोल न पाया ।

"और मैं भी आपके.....बिना।" शीला ने राजेश से चिपकते हुये कहा ।

अब न कोई शिकवा था न कोई शिकायत। सब गर्द आँसू में बह चली थी। अब उन्हें अपने सातों वचनों को अन्त तक निभाना ही होगा।

गुरू दक्षिणा

विनय इस जेल में आजीवन कैद की सजा काट रहा था । वह ग्रेजुएट है। वह प्राइवेट स्कूल में टीचर था। अन्याय उसे बिल्कुल नहीं सुहाता था । चाहे वह स्वयं के साथ हो या किसी अन्य के साथ। इसी न्याय दिलवाने के चक्कर में वह लोगों से भिड़ लेता था। एक स्थानीय नेता जो कि लोगों का शोषण करता एवं अन्याय करता था, विनय उसका घोर विरोधी था, इसीलिये उस नेता से विनय की टक्कर कई बार हो जाया करती थी । विनय के व्यवहार से उस इलाके के लोग उसे अपना मसीहा समझते थे । चुनाव निकट थे, विनय जैसा ईमानदार आदमी उसकी लुटिया डुबो सकता था । नेताजी के कारनामों का कच्चा चिट्ठा लोगों को बताकर उसके लिये हार का कारण बन सकता था। वैसे नेताजी कई बार उसे फँसाने के चक्कर में थाने में झूठी रिपोर्ट कर चुके थे, पर बात नहीं बनी । अब आगामी चुनाव को देखते हुए नेताजी ने अपनी राह के रोड़े को हटाना ही उचित समझा। उसने विनय को एक झूठे मर्डर केस में फँसा दिया । केस चला, विनय को आजीवन कारावास की सजा हो गई ।

जेल की जिस कोठरी में उसे रखा गया था, उसी कोठरी में एक खूँखार अपराधी रमण भी मर्डर की सजा काट रहा था। रमण की सजा मात्र दो वर्ष शेष रह गई थी। जब विनय अपराधियों के साथ रहने लगा तो उसे बहुत ही अजीब लगता था लेकिन धीरे-धीरे आदत-सी हो गई। कोठरी के आदतन अपराधी समझ गये कि यह सीधा-सादा बेचारा किसी झूठे केस का शिकार हो गया। शातिर लोगों ने इसे जबरन फँसा दिया और जेल भिजवा दिया। विनय पढ़ा-लिखा और समझदार व्यक्ति था। थोड़े ही दिनों में उसने जेल के अपने साथियों और जेल अधिकारियों पर अपना असर छोड़ दिया । दूसरे कैदियों को वह खाली समय में पढ़ाता था, लेकिन माथा-पच्ची के बाद भी वे कुछ ज्यादा नहीं सीख सके। तब उसने उन्हें अच्छी-अच्छी बातें बताना शुरू किया । कभी देश के वीरों की कहानियां, कभी धार्मिक बातें, अच्छे संस्कारों की कथायें आदि से उनका मनोरंजन करता, इसलिये वहाँ के कैदी उसे 'मास्टर साहब' कहने लगे ।

कई जिज्ञासु कैदी भी उससे कई प्रकार की शंकाओं का समाधान करवाते थे, इसलिये सभी उसका सम्मान करते थे लेकिन रमण तो उसका खास शिष्य ही बन गया था ।

कहते हैं कि बेरहमों के दिल में भी रहम होता है । बुरे लोगों में भी अच्छाई तो रहती ही है ।

दो वर्ष बीत गये । आज रमण की रिहाई होने वाली है । जाते-जाते वह मास्टर साहब से गले मिला तो उसकी आँखों से आँसू झरने लगे ।

"मास्टर साहब आपने मेरा जीवन बदल दिया, यहाँ से जाकर मैं नया जीवन शुरू करूँगा। मेरे लायक कोई सेवा हो तो अवश्य कहिये, मैं उसे पूरी करूँगा ।" रमण ने रूआंसा होकर कहा। तब विनय ने केवल उसे अपनी पत्नी अलका और बेटी रश्मि का ध्यान रखने का उससे निवेदन किया ।

रमण चला गया, लेकिन उसका खाली स्थान विनय को सूना-सूना लगता था ।

रमण रिहा होकर तो आ गया, लेकिन उसके सामने अब रोजगार की समस्या थी। वह टर्नर का कोर्स ट्रेण्ड था। लेथ वर्क का अच्छा कारीगर था। वह जहाँ भी काम माँगने जाता, उसका पिछला रिकार्ड देख उसे कोई भी काम पर नहीं रखता। उसे बहुत निराशा हुई, वह सोचने लगा कि मैं अपनी बीबी और बच्ची का पालन-पोषण कैसे करूँगा। इसी बीच वह विनय के घर जाकर उसकी पत्नी और बच्ची के हाल जान आता। वह खुद बेरोजगार था भला उनकी मदद कैसे करता। इधर-उधर छोटा-बड़ा काम कर लेता था, जिससे थोड़ा काम चल जाता। कुछ दिनों बाद उसकी कैंसर की मरीज बीबी ने उसका साथ छोड़ दिया, उसका स्वर्गवास हो गया। अब तो रमण हताश हो गया, अब बेटी की सम्पूर्ण जवाबदारी उस पर आ पड़ी । आखिर कोशिश करके एक जगह उसे काम मिल ही गया। उसका अच्छ काम और व्यवहार देख मालिक खुश हो गया। उसका वेतन भी बढ़ा दिया। अब रमण का काम चल निकला । बेटी बड़ी हो गई थी, उसके ब्याह की चिंता उसे सताने लगी । उसका रिश्ता माँगने वह जहाँ भी जाता, उसके अपराधी होने से बात बिगड़

जाती । आखिर एक भले आदमी ने उसकी बात मान ली और उनका रिश्ता तय हो गया । वह विवाह की तैयारी करने लगा। पत्नी न होने से विवाह सम्बन्धी राय लेने विनय के घर जाता रहता था। उसने देखा कि 'मास्टर साहब' की बिटिया भी विवाह योग्य है, भाभी बेचारी कैसे क्या करेगी? उसने विनय की पत्नी से बात की ।

"भाभी एक बात कहूँ।" रमण ने सकुचाते हुए कहा ।

"हाँ, हाँ, कहो क्या बात है भैय्या.. कोई समस्या है क्या?" अलका ने पूछा ।

रमण ने संकोच से कहा, "मेरे मन में एक विचार आया कि मैं अपनी बेटी का विवाह तो कर ही रहा हूँ, क्यों न बेटी रश्मि का विवाह भी साथ में ही हो जाता, तो क्या हर्ज है?"

अलका ने कुछ देर सोचा, "वह तो ठीक है, वह भी विवाह योग्य तो है, पर न तो मेरे पास पैसे हैं, और न ही अभी कहीं रिश्ता तय हुआ है तो ये कैसे होगा ?" थोड़ा रूककर बोली, "अभी तो जैसे-तैसे घर चल जाता है उस पर बेटी की पढ़ाई भी ।"

"आप चिन्ता न करें, आप तो बस अपनी बिरादरी में रिश्ता तय कर दें बाकी मैं सब इन्तजाम कर दूँगा, आप बेफिक्र रहिये।" कहकर रमण चला गया ।

अलका के सामने भी वही समस्या थी कि एक अपराधी की बेटी से कौन रिश्ता करेगा? लेकिन अधिकांश लोग जानते थे कि उसे जबरन फँसाया गया है। अलका ने यहाँ-वहाँ भटक कर एक अच्छा रिश्ता जमा ही दिया । पर विवाह के लिये पैसे तो चाहिये ही। इधर-उधर से थोड़ा इन्तजाम कर लिया ।

रमण ने दोनों बेटियों का विवाह संपन्न करवा दिया। उसने सोचा कि मुझे इस कार्य का पुण्य भी मिलेगा और मैं अपनी गुरू दक्षिणा भी दे दूँगा । वह बहुत प्रसन्न था कि उसे आज गुरू दक्षिणा देने का सौभाग्य प्राप्त हुआ । वह दोनों बेटियों और दामादों को साथ लेकर अलका के साथ विनय से मिलने जेल गया । दोनों बेटियों और दामादों को रमण और अलका के साथ देखकर विनय की आखों में आँसू आ गये ।

भरे गले से विनय बोला, "रमण ये तुमने, मेरी बेटी।" और आगे के शब्द सिसकियों में डूब गये। सभी की आँखों में आँसू थे। बेटी और दामादों ने विनय के चरण स्पर्श किये और आशीर्वाद लिया। विनय ने पत्नी को उसके प्रयासों के लिये धन्यवाद दिया ।

रमन ने विनय से कहा, ''मास्टर साहब, मैंने यह करके कोई एहसान नहीं किया है, मैंने तो केवल अपनी गुरू दक्षिणा दी है। आपने मेरा जीवन सुधार दिया, जिससे मैं बेटी की शादी कर सका। क्या मैं आपके लिये इतना भी नहीं कर सकता।'' और आगे शब्द उसके मुँह से नहीं निकल पाये। वह अपने आँसू पोछता हुआ बाहर निकल गया।

कल्याणी

कल्याणी, मन्दिर में बहुत सेवा करती थी। सुबह जल्दी उठकर पूरे मन्दिर में झाड़ू लगाती, फर्श पर पानी डालकर धोती। वह और भी कई तरह की सेवा करती थी। विशेषकर वह दर्शनार्थियों का बहुत ध्यान रखती थी। इसी कारण वह सभी से घुल-मिल गई थी। प्रत्येक दर्शन करने वालों की सेवा को वह तत्पर रहती थी। यदि कोई दर्शनार्थी छोटे बच्चों को लेकर या अपने साथ कुछ सामान लेकर मन्दिर आता तो कल्याणी बच्चों को और उनके सामान को सम्भाल लेती और बच्चों को दुलार करती। ताकि दर्शन करने वाले शान्तिपूर्वक दर्शन कर सकें। कई लोग तो उसे मन्दिर द्वारा नियुक्त सेविका ही समझते थे, लेकिन ऐसा नहीं था, कल्याणी यह सेवा अपनी ओर से निःस्वार्थ भावना से करती थी, कोई कुछ देता तो मना कर देती कहती, ''यह तो भगवान की सेवा है।''

ऐसी ही निःस्वार्थ भाव की सेवा देखकर पुजारी ने उसे अपने मन्दिर में रहने के लिये एक खोली उसे दे दी। यूँ भी पुजारी की उस पर बड़ी कृपा रहती थी। वह अकेली तो थी ही, और मन्दिर की सेवा भी बहुत मेहनत से करती थी, अधेड़ होने के बाद भी सेवा से कभी थकती नहीं थी।

मैं भी कभी-कभी पत्नी के साथ मन्दिर चला जाता था। तब इसकी सेवा की तत्परता देखकर मुझे आश्चर्य होता था। सोचता, सेवा के बदले उसे क्या मिलता है? एक बार मन्दिर के पुजारी जी से चर्चा हुई तो उन्होंने बताया था कि वह बड़ी अभागी है बेचारी। सेवा कर अपना जीवन धर्म में लगा रही है जो कुछ पेट भरने को मिल जाता है उसी में सबर कर लेती है। मेरे कभी-कभी मन्दिर आने से वह मुझे भी पहचाने लगी थी। मैं स्थानीय प्राइवेट कॉलेज में प्रोफेसर था। न जाने क्यों मेरे मानस पटल पर उसके व्यक्तित्व का प्रभाव अवश्य पड़ रहा था। ऐसे ही एक वर्ष बीत गया। पत्नी के साथ कभी-कभी मन्दिर जाने का मेरा सिलसिला चलता रहा। अब तक तो वह मुझसे अच्छी तरह घुल-मिल गई थी। पत्नी से तो उसकी घनिष्ठता थी ही। एक दिन जब मैं मन्दिर गया था तो मैंने उसके बारे में अधिक जानने का प्रयास किया, ताकि मेरे लेखक मन को कुछ मसाला मिल सके। मेरे अनुरोध को उसने नम्रतापूर्वक टाल दिया। उसके ऐसा करने से स्वाभाविक ही मेरी उत्सुकता और बढ़ गई।

एक दिन शाम का समय था। चिड़िया अपने घोंसलों की ओर लौट रही थी। सूर्यनारायण अस्तांचल को जा रहे थे। मैं और मेरी पत्नी दर्शन करने आये तो मन्दिर में कुछ सूना-सूना लग रहा था। सोचा तो ध्यान आया कि आज कल्याणी कहीं नहीं दिखाई दे रही थी, पूछताछ करने पर मालूम हुआ कि उसकी तबीयत खराब है। दर्शन करने के बाद पूछते हुये उसकी खोली पर पहुँचे। देखा खोली का दरवाजा टूटा हुआ जर्जर अवस्था में लटक रहा था । अन्दर एक टूटी चारपाई थी जिस पर फटी हुई गुदड़ी में लिपटी कल्याणी कराह रही थी। घर में अंधेरा घुसने लगा था। सुनसान कमरे में कल्याणी की तेज सांसे और तकलीफ भरी आवाजें आ रही थी ।

उसे तेज बुखार था, इस अवस्था में और अंधेरे के कारण वह हमें पहचान नहीं पाई। पत्नी ने पूछा, ''क्या हुआ कल्याणी, बुखार से बहुत तकलीफ है ।''

कल्याणी ने बिजली के एक बटन की ओर अंगुली से इशारा किया । पत्नी ने बटन दबा दिया अब कमरे में उजाला था। उस प्रकाश में ही उसने हमें पहचाना । उसने हमें देख खटिया से उठने का प्रयास किया और अपने दोनों हाथ जोड़ दिये। लगा वह बिस्तर से उठने में असमर्थ है । हमने उसे उठने का मना किया। देखा वह बुखार से बहुत तप रही थी । वह बोली, ''बहन जी आपने आने की तकलीफ क्यों की ।''

''भगवान मुझे यहाँ पटक थोड़े ही रखेगा, वरना उसकी सेवा कौन करेगा? बस थोड़ा-सा बुखार है, कल तक उतर जायेगा।'' कहते हुए एक बार फिर उठने का प्रयास किया ।

उसे खाने और दवाई भेजने का कहकर हम घर चले आये । आते समय एक मित्र डॉक्टर को वहाँ कुछ खाने की सामग्री ले, उसे देखने भेज दिया । कुछ दिनों बाद हमारा फिर मन्दिर जाना हुआ। दिन अभी बाकी था । मन्दिर में बैठने से बड़ी शान्ति मिलती थी, सौ मैं बैठा था। मेरे मन में कल्याणी के प्रति बहुत चिन्ता थी । देखा कल्याणी कमजोर होते हुए भी लोगों की सेवा कर रही है। अब उसकी तबीयत ठीक लग रही थी ।

दर्शनार्थी लगभग नहीं के बराबर थे मन्दिर में। कल्याणी फुर्सत में थी । अतः उससे बात करने का उचित अवसर पाकर हम उसके पास गये ।

उसने नमस्कार कर डॉक्टर भेजने और दवाई देने एवं देखभाल करने का आभार माना । मैंने एकान्त पाकर उससे बातचीत का सिलसिला प्रारम्भ करते हुए कहा, ''कल्याणी! तुम कल्याणी नहीं हो, कुछ और हो।'' सुनकर वह अवाक् रह गई और मेरा मुँह ताकने लगी ।

मुझे एकटक देखती हुई बोली, ''बाबूजी मैं तो कल्याणी ही हूँ, यहाँ सभी मुझे जानते हैं और कल्याणी ही कहते हैं ।''

मैंने कहा, ''कल्याणी को तो सब जानते हैं, लेकिन कल्याणी से पहले की कल्याणी को कोई नहीं जानता, मैं उसे जानना चाहता हूँ ।''

''ऐसा कुछ भी नहीं है साहब। बस मैं कल्याणी तो कल्याणी ही हूँ।'' कल्याणी ने कुछ छुपाने का प्रयास किया।

मेरे बार-बार के आग्रह से आखिर उसने अपना मुँह खोला। उसने मुझे बताया- ''मेरा पूर्व नाम राधा है। मैं उत्तर प्रदेश के मोहचीना गाँव की रहने वाली थी। मेरे परिवार में केवल मेरे माँ-बाप ही थे। मेरी शादी के बाद मुझे भरा-पूरा ससुराल मिला। मेरा गाँव नदी के उस पार था और ससुराल नदी के इस पार। मेरे पति निहायत शरीफ और भले इन्सान थे। वे मुझे बहुत प्यार करते थे। पढ़े-लिखे और समझदार थे। मेरे विवाह के बाद दो वर्षों तक मैं माँ नहीं बन पाई। परिवार में सब ठीक चल रहा था। इसी बीच मेरे पिता और कुछ समय बाद मेरी माँ का भी स्वर्गवास हो गया। अब गाँव में मेरा कोई नहीं था। कुछ समय बाद मेरे पति को न जाने क्या बीमारी हो गई कि देखते ही देखते कुछ माह में उनका भी स्वर्गवास हो गया। मैं विधवा हो गई। निःसंतान विधवा ।

मेरे ससुर जी बूढ़े तो थे ही जवान बेटे के निधन का सदमा सहन नहीं कर सके और एक साल के अन्दर ही वे भी चल बसे। अब घर में देवर, देवरानी, जेठ और जेठानी और मैं रह गये। हम सब हमारे खेतों मे दिनभर खूब मेहनत करते और शाम को घर आकर घर का काम भी। उस वर्ष खेतों में गन्ना उगाया था। फसल लहलहा रही थी। मेरे जेठ की नीयत मुझ पर कब खराब हो गई मैं नहीं जान पाई। मैं मन लगाकर और बेफिक्र अपना काम खेतों में करती थी। मेरे साथ देवरानी और जेठानी भी काम किया करती थी। मेरी सन्तान तो थी नहीं, इसलिये एक व्यक्ति को उन्हें पालने में कोई कष्ट नहीं होता था ।

एक दिन की बात है.. मैं खेतों में काम कर रही थी। जेठानी और देवरानी

घर पर कुछ ज्यादा काम होने से घर चली गई थी। तभी मैंने देखा कि मेरे जेठ अचानक गन्ने के खेत से निकलकर मेरी ओर आगे बढ़ने लगे । पहले तो मैंने कुछ संशय नहीं किया, लेकिन ऐसा तो पहले कभी नहीं हुआ था । वह और निकट आ गया। उसकी आँखों में वासना के डोरे स्पष्ट दिखाई दे रहे थे। मैं सकुचाई और थरथर काँपने लगी। अब न जाने क्या हो ? वह थोड़ी दूरी पर आकर खड़ा हो गया और ललचाई नजरों से मुझे देखने लगा । वह जानता था कि यह बचकर अब कहाँ जायेगी? मरती क्या न करती ! मैंने न जाने क्या सोचकर साहस बटोर गन्ने के खेत में दौड़ लगा दी। कभी इधर कभी उधर गन्नों में घुस जाती तो नजर नहीं आती। वह भी मेरा पीछा करते गन्ने के खेत में घुस गया। लेकिन गन्नों में लुका-छिपी लेने से मैं वहाँ से भागने में सफल रही। वह मेरा पीछा फिर भी कर रहा था, लेकिन उसी समय गाँव के कुछ लोग उधर आ निकले। उनको देख वह ठिठक गया। उसने सोचा होगा कि आज नहीं तो कल, बचकर जायेगी कहाँ? अच्छा अवसर पाकर मैं दौड़ती रही। दौड़ते भागते में कहाँ आ गई पता नहीं। मैंने फिर पीछे मुड़कर भी नहीं देखा। घबराहट में न कोई जगह देखी न गाँव शहर । लोगों की गद नजरों से बचती हुई मैं इस कस्बे में आ गई ।

जब मैं यहाँ आई तो दो दिनों से भूखी थी। इस मन्दिर में भिखारी की तरह बैठ जाती। मन्दिर के भक्तों द्वारा प्रसाद वितरण होता, जो मिल जाता उसी से पेट भर लेती। सुबह जल्दी उठ कर मन्दिर परिसर की झाड़ू लगा देती, पानी से धो देती। इस प्रकार लोगों की सेवा करने लगी। पेट भर लेती और रात काट लेती। पुजारी जी की कृपा से मुझे एक कोठरी मिल गई। बस उसी में पड़ी रहती हूँ। पुजारी जी ने मेरी सेवा भावना को देखकर मेरा नाम भी पूछा तब मैंने कल्याणी कह दिया। बस तब से ही सब मुझे कल्याणी कहते हैं। आज भी कल्याणी ही हूँ ।''

अब उसके चेहरे पर अजब की चमक और शान्ति थी। जन सेवा की, मानव सेवा की, ईश्वर सेवा की । उसे न क्लेश, न पश्चाताप, न उग्रता, न मोह और न ही किसी की कामना थी ।

किसना

गाँव तो छोटा ही था। कोई तीस-चालीस टापरों की बस्ती थी। गाँव के अन्तिम छोर पर दलितों की बस्ती थी। उसी बस्ती में कुछ झोपड़ियां गांछो (बांस की वस्तुऐं बनाने वाले) की थी। ये गांछे लोग सुबह से दोपहर तक बांस को चीरकर उससे कई वस्तुऐं बनाते और शाम को इनको बेचने अपने गाँव में और पास के दूसरे गाँवों में चले जाते। सस्ती-मंहगी वस्तुऐं बेचकर अपने भोजन का जुगाड़ कर लेते थे। जो भी नाममात्र की आमदनी होती उसी से उनकी रोटी चलती थी। कभी-कभी तो फांकों की भी नौबत आ जाती थी। उनके शरीर पर हमेशा मैले-कुचैले और फटे कपड़े ही नजर आते थे। कभी-कभी कपड़े धोते तो पानी में भिगोकर पछीट लेते। गरीबी के साथ-साथ एक कारण यह भी था कि वे अपनी आमदनी का बड़ा हिस्सा दारू पीने में ही खर्च कर देते थे। वैसे भी नीचे के तबकों में शराब कुछ ज्यादा ही पी जाती है।

बारिश के दिन थे। गड्‌ढे-पोखर पानी से भर गये थे। बस्ती के कुछ बच्चे उस पानी से भरे पोखरों में नहाने चले गये। उस पानी में खूब धूम मचाकर कुछ बच्चे तो अपने घरों को लौट गये लेकिन कुछ बच्चे नहाते रहे। शाम हो चली थी, गोधुली बेला के बाद घरों के खपरैलों से भोजन बनाने के लिये जलाये गये चूल्हे का धुंआ उठ रहा था। गाँव में मरघट-सी शान्ति छाई हुई थी। अचानक गाँव से दूर पोखर छोर से हल्ला मचा और लोग चिल्लाने लगे। लोगों ने जाकर देखा कोई डूब गया था जिसकी लाश पानी में तैर रही थी, करीब १४.१५ साल का बच्चा होगा। बदन भरा हुआ था। कमीज और नेकर पहने था। लाश को निकालकर लाया गया, देखा तो वह किसना गांछे का बेटा भोलू था, जो पढ़ने स्कूल जाता था।

लाश को लाकर एक ओटले पर रख दी गई। पुलिस को सूचना करवा दी गई। भोलू के माता-पिता की तलाश की गई तो पता लगा कि वे पास के किसी गाँव में सामान बेचने गये हैं। कुछ युवकों को साइकिल से पड़ोसी गाँव भेजा ताकि वे उसके माँ-बाप को ले आये। गाँव में ही उनके दूर के रिश्तेदार दारू पीकर उसके पास आ बैठे। पुलिस आई और लाश निकालने को लेकर बहुत नाराज हुई। फिर लाश को पोस्टमार्टम के लिये शहर ले गई। रात

हो चुकी थी, अतः पोस्टमार्टम तो सुबह ही होना था। भोलू के माता-पिता अस्पताल पहुँच गये। लेकिन लाश तो पोस्टमार्टम के बाद ही मिलनी थी । रात भर किसना दारू पीकर बैठा रहा । सोच रहा था कि लाश को गाँव कैसे ले जाया जाये और उसका दाह संस्कार कैसे करेगा। उसके पास तो बस चालीस रूपये ही हैं ।

सुबह दस बजे पोस्टमार्टम हुआ। समस्या थी लाश को गाँव ले जाने की। जैसे-तैसे गाँव का एक व्यक्ति अपनी बैलगाड़ी देने को राजी हुआ । लाश गाँव पहुँच गई । बारिश भी अब तेज हो गई थी। लाश को जलाने के लिये किसना की बिरादरी वाले विचार करने लगे । गांछों के टोले में एक भी ऐसा नहीं था जिसकी आर्थिक स्थिति ठीक हो। गाँव वाले तो उन्हें अछूत मानते ही थे, इसलिये उनसे कोई मदद मिलने की कोई सम्भावना नहीं थी। जो लोग अब तक लाश के पास बैठे थे वे भी बरसात और ठंड के कारण एक-एक कर कम होने लगे। ऐसी बारिश में कौन ठहरता? अब कुल जमा चार आदमी बचे। उन्होंने गिरती बूंदों में एक सीढ़ी तैयार कर ली और किसना से कफन और अन्य सामग्री के लिये विचार करने लगे। अर्थी सजाने का सामान तो आ नहीं सकता था, तो उन्होंने जैसी हालत में लाश थी उसी हालत में अर्थी पर ले जाने का फैसला किया। तब तक केवल दो आदमी ही शेष रहे। ऐसी बरसात और ठंड में कौन ठहरता? सीढ़ी उठाने के लिये चार आदमी तो चाहिये ही। बेचारा भोलू भी कितना बदनसीब था कि उसे तन ढकने को न तो कफन मिला न बाँधने को नाड़ा। उसकी लाश को खाली अर्थी पर लेटा दिया गया। अब उठायेगा कौन? इसके लिये दो लोगों को बुलाया गया। सभी पानी में भीग रहे थे और ठंड से ठिठुर भी रहे थे। उन्होंने किसना के सामने एक प्रस्ताव रखा कि यदि किसना दारू का इन्तजाम कर दे तो वे चलने के लिये तैयार है। किसना ने दुःखी मन से अपनी जेब में पड़े चालीस रूपये उनकी ओर बढ़ा दिये। अब दारू का इन्तजाम हो गया था। भोलू की लाश को अर्थी पर रख शमशान की ओर चल दिये। एक ने प्रश्न किया कि शमशान में लाश जलाऐंगे कैसे। तो दूसरे ने कहा वहाँ तो चलो कुछ न कुछ इन्तजाम हो ही जायेगा ।

गाँव में सवर्णों और अछूतों के शमशान गाँव से दूर अलग अलग थे । ऊबड़-खाबड़ रास्ता । बारिश भी रूक-रूक कर हो रही थी। सबके कपड़े बुरी तरह भीग गये थे । वो तो उन्होंने शराब पी रखी थी, इसलिये चल रहे थे । कीचड़ से भरा ऊँचा-नीचा रास्ता और उठाने वाले नशे में चले जा रहे थे । उनके शरीर कांप रहे थे । करीब आधी दूरी तय होने पर वे विश्राम के लिये रूके । कांधे से अर्थी उतार एक तरफ रख दी। जगह ऊँची-नीची तो थी ही । थोड़ी देर बाद लाश अर्थी से लुढ़क कर कुछ दूर जा पड़ी। चारों लोगों ने कुछ शराब बचाकर रखी थी, उसे पीते रहे। नशा ज्यादा हो गया और ठंड कम तो उन्होंने फिर सीढ़ी उठाई और शमशान की ओर चल पड़े। आपस में बात कर रहे थे कि यदि आज दारू नहीं होती तो ऐसी बरसात में कौन आता । सबने किसना को मौसम की दुहाई दी और न मरने का नुस्का दिया कि तू भी पी ले नहीं तो मर जायेगा। उसे भी अच्छी पिला दी । किसना की आँखें भरी हुई थी फिर भी वह पी गया। सभी लड़खड़ाते कदमों से शमशान की ओर जा रहे थे । कुछ ही दूरी पर गाँव का लक्ष्मण उन्हें रास्ते में मिला ।

उसने देखा कि कोई अर्थी आ रही है तो वह सम्मान में एक तरफ खड़ा हो गया। और नमन की मुद्रा करने ही वाला था कि यह क्या यह तो खाली अर्थी है, इस पर कोई मुर्दा नहीं है, तो फिर ये लोग ? उसे क्रोध आ गया और उसने उन्हें रोका। अच्छी झिड़की दी, "तुम्हें ऐसी तुच्छ हरकत करते हुये शर्म नहीं आई बिना मुर्दें के अर्थी लिये जा रहे हो।"

चारों दारू के नशे में धुत्त थे उनको थोड़ा झटका लगा । देखा तो वास्तव में सीढ़ी खाली। तो फिर भोला की लाश कहाँ गई। उनका थोड़ा नशा उतरा। लक्ष्मण ने उन्हें बहुत भला-बुरा कहा और गालियाँ भी दी । अर्थी उठाने वाले एक-दूसरे का मुँह तक रहे थे कि आखिर लाश कहाँ गई । लक्ष्मण ने किसना को कोसा, "किसना तेरा तो बेटा मरा, तुझे जरा भी शर्म नहीं है कोई अफसोस नहीं है ?"

किसना ने लक्ष्मण के पाँव पकड़ लिये और माफी माँगने लगा । बोला, "माई-बाप मुझे माफ करो, यह सब दारू से हुआ है।"

वे खाली अर्थी लिये वापस उस जगह आये जहाँ विश्राम के लिये अर्थी रखी गई थी ।

लाश एक तरफ लुढ़की हुई कीचड़ में सनी हुई वहाँ पड़ी थी । उसें

उठाकर पुनः सीढ़ी पर रखा और फिर शमशान की ओर चल पड़े । अब लाश को जलाने की समस्या थी । उन्होंने सवर्णों के शमशान से कुछ अधजली लकड़ियां, कुछ बची हुई लकड़ियां और कुछ जंगल के वृक्षों की टहनियां तोड़कर चितानुमा तैयार कर ली, उस पर भोलू के शव को रख दिया गया। अग्नि देने की कोशिश की, लेकिन बारिश से सभी लकड़ियां गीली होने से जल नहीं सकी। तब उनमें से एक ने बड़ी त्यागमय मुद्रा में अपनी बहुत पुरानी और फटी शर्ट निकालकर दे दी ताकि चिता जल सके। उससे भी बड़ी मुश्किल से आग जली। गोधूली बेला का समय था। शमशान में धुँआ उठने लगा । थोड़ी आग भी जली। कुछ देर तक तो वे सभी गम की मुद्रा में बैठे रहे । फिर अधजली लाश को चिता पर छोड़कर लौट गये ।

गाँव के एक किसान का नौकर जो शमशान की ओर से गुजरा था, उसने अधजली लाश की बात अपने मालिक से बताई। तो उसे बहुत बुरा लगा, पता करने पर मालूम हुआ कि वह किसना के बेटे की लाश थी। लाश किसी की भी हो पर यह ठीक नहीं है। उसने अपने नौकर को भेजा और खलियान से लकड़ी ले जाकर लाश पूरी तरह जलाने का आदेश दिया और यह भी कहा कि तब तक मत हटना जब तक अच्छी तरह से जल न जाये ।

आये दिन किसना और उसकी पत्नी बैठे-बैठे भोलू की याद में रोने लगते । गरीबी से भरा जीवन नीरस और अपने आप में ग्लानिपूर्ण लगनेलगता। उसने प्रण कर लिया था कि अब वह कभी दारू नहीं पियेगा और अपने जीवन को अच्छा बनाने का प्रयास करेगा। भोलू के लिये इससे अच्छी श्रद्धांजलि क्या होगी ।

❦

रानी

रानी के चले जाने से घर बिलकुल सुनसान और खाली लग रहा था । खाने-पीने को मन नहीं करता था । निढाल हो बिस्तर पर पड़ा रहा । सोचता रहा अब जीवन किसके सहारे कटेगा । लेकिन इस पर मेरा क्या वश ? ईश्वर ने हमें संतान ही नहीं दी है, तो परायी संतान रानी का क्या । इस जीवन में वही एक हमारा सहारा थी लेकिन उसे भी । सोचते-सोचते न जाने कब मुझे नींद लग गई । जब आँख खुली तो सुबह हो चुकी थी ।

रानी घर से क्या गई हमारा तो जीवन ही थम सा गया । हम पति-पत्नी एक-दूसरे से बात भी नहीं कर पा रहे थे, बस रोते रहे । सुबह मन कुछ हल्का हुआ तो कुछ हिम्मत आई । स्नान वगैरह करके काम पर जाने की तैयारी करने लगा ताकि रानी का अभाव नहीं लगे और उसे भुला सकूँ । पत्नी ने कुछ सोचकर मुझे रोका और कहा, ''मेरा मन कहता है रानी का वहाँ हाल बुरा है, उसने भी रात रो-रोकर गुजारी होगी । उसने कुछ खाया-पिया भी नहीं होगा । न जाने किस हाल में होगी मेरी बच्ची ।'' और वह फफक कर रो पड़ी ।

''आप मेरी मानो और एक बार-सिर्फ एक बार उसके गाँव जाकर उसको देख आओ, तो मन को शान्ति मिलेगी ।''

''मैं भी यही चाहता हूँ कि एक बार उसके माँ-बाप के पास जाकर उन्हें समझाने का प्रयास करूँ, शायद वे राजी हो जायें ।'' मैंने उसकी बात का समर्थन किया । और गाँव जाने को तैयार हो गया ।

रानी के पिता के बताये हुए पते के अनुसार मैंने उस गाँव जाने के लिये बस पकड़ी । बस ने जहाँ उतारा वह तो बहुत ही छोटा कस्बा था । चारों ओर कीचड़ और गंदगी । वहाँ के लोगों से मैंने उस गाँव का पता पूछा और उनके बताये हुए रास्ते से भटकता हुआ पैदल-पैदल उसके गाँव पहुँचा । गाँव क्या था, दस-पन्द्रह टापरे थे । रास्ते कीचड़ और गोबर से भरे । पूरा गाँव सुनसान लग रहा था । मैंने रानी के पिता के नाम से उसका टापरा पूछा । लोगों ने एक टापरे की ओर इशारा कर दिया । मैं उसी ओर आगे बढ़ गया । रास्ते में कुछ कुत्तों ने परेशान किया लेकिन किसी तरह पहुँच ही गया । मेरे सामने गारे और पत्थरों की दीवारों से घिरा एक खण्डहरनुमा घर था । उसमें एक गलियारा सा बना हुआ था उसके पार एक दरवाजा दिखा । मैं गली

में होकर उस दरवाजे तक जा पहुँचा। दरवाजा क्या था, कनस्तर के पतरों को लकड़ी पर ठोंक कर बनाया गया था। मैंने दरवाजा खटखटाया और आवाज लगाई। अन्दर से डूबी हुई सी आवाज आई। रानी के बाप ने दरवाजा खोला। मुझे देखकर वह सकते में आ गया ।

कुछ देर तक वह कुछ समझ नहीं पाया। फिर उसने एक टूटी हुई खटिया बाहर ओटले पर डाल दी और बैठने को कह तेजी से अन्दर चला गया। मैंने देखा कि घर क्या था मात्र गारे और पत्थरों की दीवारों से घिरा एक लम्बा सा कमरा, उस पर टूटी चारे और प्लास्टिक और कुछ जगह खपरैलों से ढकी छत। घर में बिलकुल सन्नाटा था। उसके बाप का चेहरा बहुत उदास लग रहा था। उसकी माँ भी राम-राम करने बाहर आई तो रूँआसी लग रही थी। ठीक एक दिन बाद ही मुझे आया हुआ देख शायद उनको राहत हुई होगी। मैंने रानी का पूछा तो ''आती है'' कहकर उसका बाप अन्दर चला गया। जब रानी को उसने बताया कि मैं आया हूँ तो वह दौड़कर आई और मुझसे लिपट गई।

वह जोर-जोर से रोने लगी जिससे उसकी सिसकियाँ बंध गई। मेरी भी आँखे भर आई। रानी का चेहरा और लाल आँखें देखकर मेरा मन रो रहा था। मैं समझ गया कि वह रात भर रोती रही होगी और सोई भी नहीं । वहाँ का सारा वातावरण बोझिल हो गया। उसकी माँ भी रोती हुई आई और उसे समझाने का प्रयास करने लगी। कोई एक घन्टे तक ये सब चलता रहा । फिर उसके पिता ने मेरे लिये भोजन बनाने को कहा। तब तक उसका बाप मुझसे बातें करता रहा। भोजन की इच्छा तो बिलकुल नहीं थी लेकिन उनको बुरा न लगे इसलिये मन मारकर एक रोटी खा ही ली। उसके बाद खटिया पर बैठा-बैठा सोचने लगा। सोचते हुए विचारों मे मैं करीब दस वर्ष पीछे चला गया ।

हमारे विवाह को करीब बारह वर्ष हो गये थे। विवाह के तीन वर्ष बाद भी कोई संतान न हुई तो हम पूर्णतः निराश हो गये। सब ईश्वर की इच्छा है यह समझकर अपना जीवन जी रहे थे। एक दिन मैं आफिस जा रहा था तो रास्ते में मुझे दो व्यक्तियों की बातों से लगा कि वह आदिवासी अपनी

बेटी को उस व्यक्ति के हाथों बेचना चाह रहा था, लेकिन वह लेने को तैयार नहीं था । मैं एक आदिवासी इलाके के बहुत पिछड़े स्थान पर नौकरी करता था । संवैधानिक तौर पर बच्चों को खरीदना और बेचना दोनों ही अपराध है । लेकिन इस इलाके में यह सब चलता है। इस क्षेत्र के लोग बहुत ही गरीब हैं और बेरोजगार भी। खेत तो होते हैं लेकिन उनमें कुछ पैदा नहीं होता । अपना पेट भरने के लिये वे बच्चों को बेच देते हैं, घर के कामों के लिये, ठीक बंधुवा मजदूर की तरह। जब उस व्यक्ति ने बच्ची को नहीं लिया तो उसका बाप निराश हो गया। तब मैंने उसके सामने बच्ची को रखने का प्रस्ताव किया । वह तैयार हो गया। लेकिन मुझे पहले अपनी पत्नी से पूछना था और उसकी सहमती लेना आवश्यक था। मैं घर गया और पत्नी को सब समझाया तो वह मान गई। उस आदिवासी को मैं घर लाया और उसे पाँच सौ रूपये दे दिये । वह उस बच्ची को मेरे यहाँ छोड़ गया ।

बच्ची सांवली थी, बहुत भोली लेकिन समझदार लगती थी । वैसे तो खरीदे गये बच्चों से घर के काम ही करवाये जाते हैं, और लोग उनका शोषण भी करते हैं। लेकिन हमने उसे इसलिये नहीं खरीदा था कि हम उससे काम ही करवायेगें। हम दो प्राणियों का काम ही कितना होता था । हम तो एक बेटी चाहते थे वो हमें मिल गई। उसके घर का नाम उसका 'रितूडी' लेकिन हमने उसका नाम रखा 'रानी'। कुछ ही दिनों में वह हमसे घुल-मिल गई । घर के काम वह आसानी से और समझदारी से निपटा लेती थी । उसकी बुद्धि तीक्ष्ण थी। हमने उसे पढ़ाने का फैसला किया। उसे निकट के स्कूल में प्रवेश करवा दिया। वह अच्छे नम्बरों से पास होती थी। खाली समय में घर का काम भी कर लेती । अब हमारा समय अच्छा कटने लगा । उसने हमारे मन को जीत लिया और बेटी का स्थान हमारे दिलों में बना लिया ।
अब वह आठवीं कक्षा में पढ़ती थी और बहुत स्मार्ट लगती थी ।

एक दिन अचानक उसका बाप उसे लेने आ गया। रानी वापस जाने के लिये बिलकुल तैयार नहीं थी। उसका मन हममें रम गया था । उसके बाप को हमने बहुत समझाया, लेकिन वह किसी तरह नहीं माना । यहाँ तक कि उसने बातों-बातों में पुलिस का सहारा लेने तक की बात कह दी । अब तो हमारे पास कोई चारा न था। हमने अपनी रानी को बहुत समझाकर उसके बाप के साथ भेज दी। बस तभी से हमारा हाल बेहाल था ।

"बाबूजी" उसके बाप ने मुझे पुकारा। मैं सोचते-सोचते न जाने कहाँ गुम हो गया था । मेरी तन्द्रा टूटी । मैं उसकी ओर ऐसे देखने लगा मानो मुझे नींद से जगाया हो ।

वह रोते हुये कह रहा था, "बाबूजी अब आप ही मेरी रानी बिटिया के माँ-बाप है, आप ही इसे सम्भालो। कल जब से वह यहाँ आई है रो-रोकर इसका बुरा हाल है न खाती है न पीती है इसकी माँ ने भी बहुत समझाया लेकिन वह रात भर रोती रही। इसके साथ-साथ हम भी रोते रहे । तब हार गये तो हमने तय किया कि अब वह आपके पास ही रहेगी । हम इसे लिखा-पढ़ा तो सकते नहीं। गाँव में बड़ा स्कूल भी नहीं है। यहाँ रहेगी तो मजदूरी करेगी, वह भी यहाँ नहीं है। अब इसका जीवन आपके हाथों में है, आप इसे ले जाइये।" कहते हुए वह फफक-फफक कर रो पड़ा ।

उसकी माँ ने भी यही कहा, "इसको आप ले जाओ। आपके यहाँ मेरी बेटी सुखी रहेगी, पढ़ेगी-लिखेगी। इसके असली माँ-बाप तो आप ही हैं, हमने तो केवल इसे जनम ही दिया है ।"

मैं अपनी रानी बिटिया को पुनः अपने घर ले आया। रानी की खुशियों का कोई ठिकाना न था। वह ऐसे प्रसन्न थी मानो उसे तीनों लोकों का राज मिल गया हो। मेरी पत्नी के खुशी के आँसू थमते नहीं थे। उसने रानी को गले से लगा लिया और बहुत देर तक चूमती रही। मैंने उसे कानूनन गोद लेने का फैसला कर लिया है ताकि मेरा घर स्वर्ग सा बना रहे और रानी 'रानी' बनकर रहे ।

मुखाग्नि

जब मेरी पहली नियुक्ति शिक्षिका के रूप में बदरिया गाँव में हुई तो मैं ज्वॉइन करने वहाँ पहुँची। एक अकेली महिला का किसी अनजाने गाँव में पहली बार जाना बड़ा अजीब सा लग रहा था। मन ही मन घबरा रही थी, क्या होगा? कैसे होगा? सोचकर मन डर रहा था। जब मैं उस गाँव के छोटे से रेलवे स्टेशन पर उतरी तो वहाँ भीड़ जैसा कुछ भी न था । स्टेशन के बाहर से ही गाँव की दुकानें लग जाती थी। थोड़ी चहल-पहल तो थी ही । जुलाई का महीना था, काले बादल आसमान पर छाये हुए थे। थोड़ी-थोड़ी देर में पानी भी बरस जाता था। बिजलियाँ चमक रही थी। बारिश की संभावना को देखते हुए मैं अपने कदम जल्दी-जल्दी उठाने लगी, ताकि कोई ठिकाना मिल सके। सड़क पर चलते हुए मैं अभी कुछ दूर ही चली होगी कि पानी के बड़े-बड़े छींटे लगने लगे। मैंने अपने कदम और तेज कर दिये लेकिन पानी की तेज बौछार शुरू हो ही गई। मैं दौड़कर एक मकान की पतरे की शेड के नीचे खड़ी हो गई। बारिश तेज थी, उम्मीद थी कि यह रूक जाये तब आगे बढ़ा जाय। लेकिन बारिश थी कि रूकने की बजाय और तेज हो गई । पूरी सड़क पर पानी भरने लगा। अब मैं परेशान हो गई कि यदि यह बारिश नहीं रूकी और ऐसे ही चलती रही, उस पर अंधेरा भी घिर आया तो मुझे ठहरने का ठिकाना भी मिलना मुश्किल है । गाँव छोटा सा है इसलिये कोई लॉज का साधन भी मिलना असम्भव है । मैं घबराने लगी कि अब क्या होगा। बारिश के कारण लोग अपने-अपने घरों में कैद थे, इसलिये और भी मुश्किल थी। धीरे-धीरे अंधेरा घिरने लगा, तभी सामने वाले मकान पर खड़े वृद्ध दम्पत्ति ने मुझे आवाज दी और हाथ का इशारा करके अपने पास बुलाया। शायद वे मेरी मुसीबत समझ गये थे। वे यह भी जान गये थे कि इसके पास अटैची है, अनजान है तो निश्चित ही कहीं बाहर से आई हुई है। मैं भरे बारिश में अटैची लेकर उनकी ओर दौड़ गई । इस दौड़ में थोड़ा भीग भी गई। वे मुझे अपने घर के अन्दर ले गये। स्नेह से बैठाया और बोले, ''कहीं बाहर से आई लगती हो। यहाँ आराम से बैठो, तब तक बारिश बन्द हो जाये। बारिश बंद भी होगी या नहीं, पता नहीं । एक तो तुम अकेली महिला, वहाँ कब तक खड़ी रहती, अंधेरा भी घिरता जा रहा

है । बिजली भी जा सकती है, ऐसे में तुम वहाँ कब तक खड़ी रहती । इस गाँव में शायद पहली बार आई हो, किसके यहाँ जाना है? मैं तुम्हें वहाँ छोड़ आऊँगा।'' इस एक ही वाक्य में उन्होंने सारी बात कह डाली। मैं यहाँ के गली मोहल्ला, या स्कूल से परिचित नहीं थी, तो क्या बताती ।

''दादाजी! मैं इस गाँव के लिये बिल्कुल नई हूँ । पहली बार ही आई हूँ, इसीलिये किसी को नहीं जानती। शिक्षिका के पद पर मेरी नियुक्ति इसी गाँव के स्कूल में हुई है, ज्वाइन करने आई हूँ। लेकिन यह बारिश ।''

''अच्छा-अच्छा तो तुम मास्टरनी हो। बहुत अच्छा है। यह गाँव तो वैसे अच्छा है, और स्कूल तो गाँव के उस सिरे पर है। तुम्हें रहने के लिये तो कमरा लेना होगा ।'' इतने में दादी चाय बना लाई । ''लो बेटा चाय पी लो, भीग गई हो ।'' कहते हुए मुझे चाय दी । फिर हम सबने चाय पी ।

''माँ जी, आपको कष्ट हुआ होगा, मेरे आ जाने से, फिर ऊपर से चाय भी।'' मैंने कहा दादाजी बोले, ''तुम तो हमारी बेटी हो, ऊपर से मास्टरनी भी, इसमें काहे का कष्ट ।''

फिर दादाजी और दादी जी एक-दूसरे को देखते रहे मानों आँखों से कुछ बात कर रहे हो फिर दोनों की सहमती आपस में हो गई। बोले, ''बेटा, यहाँ इस घर में हम दोनों ही रहते हैं। हमारा कोई नहीं है। घर भी बड़ा है । गाँव में कहीं न कहीं तो कमरा लोगी ही तो तुम हमारे यहाँ भी रह सकती हो । हमें कोई एतराज नहीं है, बल्कि खुशी ही होगी ।''

मैंने उनका स्नेह देखा । मेरे मन की मुराद पूरी होने जा रही थी, क्योंकि गाँव में कमरे के लिये न जाने कहाँ-कहाँ भटकना पड़ता, न जाने कैसे माहौल में कमरा मिलता, मैं ठहरी अकेली जान ।
''हाँ, हाँ दादी जी, मैं तो आपके यहाँ ही रह लूँगी। दादाजी-दादीजी के पास रहना भला किसे बुरा लग सकता है।''

वे बहुत प्रसन्न हुए। एक बेटी के रूप में उन्हें एक सहारा जो मिल गया था ।

मैंने ज्वाइन कर लिया और उनके यहाँ एक कमरे में रहने लगी ।

मैं अपना खाना बनाती, वे अपना । पर यह कुछ अच्छा नहीं लगता था । इसलिये उन्होंने ही प्रस्ताव रखा कि तुम एक ही जगह हमारे यहाँ ही खाना बनाया करो। हम सब साथ ही खाया करेंगे। अब मैं उनके साथ रहकर ही उनकी सेवा करती। वे मुझसे किराया नहीं लेते थे, कहते, "तू तो हमारी बेटी है, सेवा भी करती है, तुझसे किराया कैसा? तू जब तक रहना चाहे हमारे साथ रह सकती है ।"

कुछ वर्षों के बाद दादीजी का देहान्त हो गया। मैं बहुत रोई, वह मेरी माँ के समान थी। इन दोनों के सिवा मेरा दुनिया में कोई नहीं था । मुझे लगा कि एक बार और मेरी माँ मर गई। मेरा एक भाई था । बरसों से परदेश में रहता था। कभी मिलने नहीं आता था। दादाजी ने दादीजी को मुखाग्नि दी। उनके कोई भी रिश्तेदार नहीं आये। अब दादाजी अकेले रह गये थे। मैं उनकी देखभाल और अच्छे से करने लगी। जब उनके रिश्तेदारों को यह मालूम हुआ कि मैं यहाँ पर उनके पास रह रही हूँ और वे मुझे अपनी बेटी की तरह रखते हैं तो उन्होंने उनकी सम्पत्ति पर नजर गड़ा दी । उन्हें लगा कि बूढ़ा उसकी जायदाद कहीं उस लड़की के नाम न कर दे। दादाजी को इसकी भनक लग गई थी। इसीलिये उन्होंने शहर जाकर अपनी सम्पत्ति का वारिस किसी को नियुक्त कर दिया ताकि उनके मरने के बाद उनकी सम्पत्ति वारिस को मिल सके। मैं निःस्वार्थ भाव से उनकी सेवा करती रही। एक दिन दादाजी भी स्वर्ग सिधार गये। उनकी इच्छा अनुसार मुखाग्नि मुझे ही देनी थी । जिसका प्रचार-प्रसार वे मिलने वाले लोगों में पूर्व से ही कर गये थे । मैं इससे अनभिज्ञ थी। कुछ लोगों ने मेरे द्वारा मुखाग्नि दिये जाने का भारी विरोध भी किया। लेकिन अन्त में दादाजी की इच्छा अनुसार ही मुखाग्नि का अवसर मुझे ही दिया गया ।

उनके जाने के बाद शोक के पूरे दिन होते ही मैंने अपना सामान बाँधना शुरू किया, क्योंकि अब तो यह घर मुझे छोड़ना ही था। अन्यत्र एक कमरा भी ठीक कर लिया था। मैं राह देख रही थी कि दादाजी-दादीजी का कोई रिश्तेदार आये और मैं यह घर उसके सुपुर्द करके मुक्त हो जाऊँ ।

उनके दूर के रिश्तेदारों में वारिस को लेकर कई लोग दावा करने लगे । विवाद गहराने लगा। तभी एक दिन एक वकील साहब शहर से आये। गाँव के प्रतिष्ठित और मान्य लोगों को इकट्ठा किया, रिश्तेदारों

को बुलाया ताकि उनकी उपस्थिति में दादाजी की वसीयत पढ़कर सुनाई जाय । सब दम साधकर बैठे थे। वकील साहब ने वसीयत पढ़ी। उसमें उनकी सारी सम्पत्ति की अकेली वारिस मुझे बनाया गया था। सभी आश्चर्यचकित थे। कई लोगों को इसमें षडयंत्र भी लगा। मुझे दादाजी की वसीयत से कोई लेना-देना नहीं था। मैं तो यहाँ एक शिक्षिका के बतौर आई थी और उन लोगों की छत्र-छाया में सुख का अनुभव कर रही थी कि अचानक दोनों ही मुझे अनाथ छोड़कर चले गये। और उस पर यह वसीयत का भार। मैं अकेली यह सब कैसे कर पाऊँगी, कुछ समझ नहीं आ रहा था। वकील ने पंचों के सामने मुझे कागज और वारिसनामा सौंप दिया ।

अब मैं उस बड़े घर में अकेली रहती थी, तो वह काटने को दौड़ता । दादाजी-दादीजी थीं, तब की बात और थी । घर के कोने-कोने में उनकी यादें बसी थी। उनको याद करके मन बार-बार रो पड़ता था, लेकिन अब वे कहाँ हैं । अब अकेले ही घर, स्कूल और वसीयत का बोझ उठाना मेरे लिये कठिन होता जा रहा था। इसलिये मैंने एक जीवन साथी की तलाश शुरू कर दी । शीघ्र ही एक योग्य और सज्जन व्यक्ति का चयन कर मैंने विवाह कर लिया । उसके सहारे अब मेरा जीवन चलने लगा है ।

स्वतंत्रता सेनानी

उस अंधेरी कोठरी में १५ वॉट का बल्ब जल रहा था। जिससे उस कमरे का अंधकार उजाले का मुँह चिढ़ा रहा था। उसी कमरे में एक टूटी हुई खटिया पर एक बूढ़ा बैठा बेसब्री से किसी का इन्तजार कर रहा था। वह बार-बार दरवाजे की ओर देखता फिर अनमना होकर कुछ बड़बड़ाने लगता । कुछ देर बाद ही किसी के आने की आहट हुई। किसी ने पुकारा ''दादा'',

''दादा, जाग रहे हो क्या?''

यह आवाज सुनकर वह बड़ी उत्सुकता से बोला, ''कौन, बल्लू हैं, आ जा बेटा, आजा । मैं तेरा ही इन्तजार कर रहा था। तू न आया तो मुझे नींद कैसे आयेगी ?'' कहते हुए उसकी आँखें बल्लू के चेहरे पर कुछ टटोल रही थी ।

शायद उसे बल्लू से किसी खास बात की उम्मीद थी।

उस अंधेरे उजाले में उसने अपनी नजर बल्लू के चेहरे पर बढ़ा दी फिर धुँधला चश्मा ठीक किया और बोला, ''हाँ बेटा बताओ, हो गया इन्तजाम ?'' आगे के शब्द वह नहीं बोला । उसने बल्लू की ओर देखा ।

''हाँ दादा हो तो गया लेकिन । वह रामदीन साहू बड़ा ही घाघ है, न जाने कितनी बातें मनवाता है । कुबूल करवाता है, लिखवाता है तब कहीं अंटी से पैसे निकालता है । दे तो दिये उसने पर दिये केवल दौ सौ । मैंने बहुत मन्नत की पर उसका कलेजा नहीं पसीजा । दो-चार जगह मेरे अंगूठे लगवाये और कहा जमानत तेरी ही रहेगी, मैं दादा-वादा को कोई ना जानू । जो रूपया न आया तो तुझी से वसूलूँगा। तब जाकर दो सौ रूपल्ली ला पाया ।'' कहते-कहते बल्लू हाँफने लगा था ।

दो सौ रूपयों का सुनकर दादा पर कोई खास असर नहीं पड़ा । क्योंकि उन्हें तो चार सौ रूपयों की आवश्यकता थी। कुछ देर तक वे गुमसुम हो कुछ सोचते रहे। चिन्ता की रेखायें उनके चेहरे पर आती-जाती रही ।

''ठीक है इसी से काम चलाने की कोशिश करूँगा, पर काम न हो पायेगा ।'' फिर खिसयाते हुए बल्लू का एहसान माना कि उसने किसी भी तरह उनका काम तो कर दिया ।

बल्लू के चले जाने के बाद दादा ने अपनी पुरानी चादर की संदूक को खोलकर टटोलना शुरू किया। शायद पहले के पड़े हुये कुछ रूपये हाथ लग

जाय, लेकिन निराशा हाथ लगी। संदूक के एक कोने में दुबक कर बैठा दस रूपये का एक नोट जो अपने पकड़ने के डर से थर-थर काँप रहा था, कि आज उसकी बली तो निश्चित ही है। दादा ने मुँह बिदकाते हुये ले ही लिया । संदूक में पड़े पुराने कपड़ों के अतिरिक्त दादा के स्वतंत्रता सेनानी के मेडल, प्रमाण पत्र, सम्मान पत्र कुछ फोटो और पेंशन के कागजात भर थे ।

साहू रामदीन दादा को दो कौड़ी का आदमी समझता था । इसीलिये उसने उन्हें रूपये उधार देने से मना कर दिया और बल्लू को ही रूपये दिये । दादा सोच रहे थे कि वे अपनी मासिक पेंशन में से रामदीन साहू के पैसे बल्लू को देकर कर्ज से मुक्ति पा लेगें । दो सौ साहू को देकर बाकी पचास रूपयों में ही काम चला लेगें। पर कैसे ? इसका जवाब उनके पास न था ।

बात यह थी कि दादा को स्वतंत्रता सेनानियों के राज्य स्तरीय सम्मेलन में भाग लेने के लिये दूर शहर जाना था। वहाँ जाने में ही बहुत किराया लगता था। दो सौ रूपयों से क्या होता? दादा सुबह जल्दी उठे, शेव बनाई और जाने की तैयारी करने लगे। उत्सुकता वश में बस स्टैण्ड पर बस के समय से आधा घण्टा पहले पहुँच गये। बस आने पर वे अपने गंतव्य की ओर चल पड़े ।

जब वे सम्मेलन स्थल पर पहुँचे तो काफी भीड़ थी। वृद्ध स्वतंत्रता सेनानियों के साथ उनके स्वजन भी आये थे। कार्यक्रम प्रारम्भ होने के पूर्व सभी को चाय नाश्ता करवाया गया। कार्यक्रम में किसी मंत्री का आगमन होना था, जो स्वतंत्रता सेनानियों का सम्मान करेंगे। कार्यक्रम देरी से प्रारम्भ हुआ । दादा बहुत प्रसन्न थे, उनका सम्मान जो होना था। मंत्री जी द्वारा सब सेनानियों का सम्मान किया गया एवं सभी के फोटो भी खींचे गये जो उन्हें प्रदान भी किये गये । सब सेनानी आपस में मिले भी । मंत्री जी ने अपने भाषण में स्वतंत्रता सेनानियों की सम्मान राशि में बीस रूपये बढ़ोतरी का भी ऐलान किया । सेनानी प्रसन्न हुए। कार्यक्रम के पश्चात सभी को सुरूचिपूर्ण भोजन कराया गया और सम्मानपूर्वक विदाई दी गई। सभी अपने अपने शहर को लौट चले ।

दादा ने भी अपनी बस पकड़ी और प्रसन्नतापूर्वक वापसी यात्रा को चल

पड़े । बस में बैठे-बैठे वे सोचते जा रहे थे कि आज उनकी पत्नी होती तो बहुत प्रसन्न होती, लेकिन वह अब कहाँ? उसका तो देहान्त उसी समय हो गया था, जब वे अंग्रेजों से संघर्ष करते हुए दो वर्ष की जेल काट रहे थे । दो बेटे हैं वे भी पढ़-लिख कर गाँव छोड़ दूर शहर में जा बसे हैं। अब उन्हें कौन गिनता है? मैं अब अकेला रह गया, कहीं जाना नहीं चाहता। मेरी इच्छा है कि मैं इसी गाँव की माटी ही में मिलूँ। यह बात और है कि गाँव वाले स्वतंत्रता संग्राम सेनानी को कुछ नहीं समझते। क्यों कि वे स्वतंत्रता में पैदा हुए हैं। खैर मुझे इससे क्या ? शासन मुझे पेंशन २५०६. देता है उसी से मेरा काम चल जाता है।

अचानक एक जोर का धमाका हुआ और वाहनों के आपस में जोरदार टक्कर होने से दोनों वाहनों के परखच्चे उड़ गये। दादा भी इसी एक बस में थे। एक्सीडेंट इतना जोर का था कि चारों ओर हाहाकार मच गया। लाशों के ढेर पड़े थे। कोई चीख रहा था तो कोई रो रहा था, कोई कराह रहा था। चारों ओर दौड़-भाग मची हुई थी। एक्सीडेंट इतना भयानक था कि किसी को भी कुछ नहीं सूझ रहा था। लोग मदद को दौड़ पड़े। घायलों को बचा रहे थे। एम्बुलेंस आ गई। पुलिस भी फँसी लाशों को निकाल रही थी। प्रकाश में देखा तो दृश्य हृदय विदारक था, जो देखा नहीं जा सकता था। तीन पुरूष, दो महिलायें और तीन बच्चे जीवित बचे थे बाकी सवार २०.२५ लोगों की मृत्यु हो गई। उन मृत व्यक्तियों में एक दादा भी थे। उनके लहूलुहान शव के गले में अभी भी स्वतंत्रता संग्राम सेनानी का परिचय पत्र लटक रहा था। इसी आई.डी. से पुलिस को उनका पता मालूम हुआ।

स्थानीय थाने को सूचित किया गया कि एक्सीडेंट में मरने वालों में एक आपके इलाके के स्वतंत्रता सेनानी भी हैं। यह सूचना तत्काल एस.डी. एम. तक पहुँचाई गई। उनका पार्थिव शरीर सम्मान के साथ गाँव लाया गया। शासन की ओर से एस.डी.एम. ने उन्हें श्रद्धांजली अर्पित की। पुलिस की गारद ने शस्त्र उल्टे कर उनके पार्थिव शरीर को सलामी देकर विदाई दी।

शव के निकट ही बल्लू बैठा रो रहा था। बल्लू ने ही उन्हें मुखाग्नि दी। सारा गाँव उनके अन्तिम संस्कार में शामिल होकर गर्व महसूस कर रहा था, भले ही जीते जी वे उन्हें सम्मान न दे पाये हों। उनमें एक व्यक्ति ऐसा भी था जिसे इनमें कोई रूचि नहीं थी वह था साहू रामदीन। वह मुँह बनाकर बड़बड़ाया,

''मुझे क्या? मैं तो अपने रूपये बल्लू से ही वसूलना है। कोई जिये या मरे । मुझे क्या?''

गाँव वाले जिस व्यक्ति का सम्मान न कर पाये उसे शासन ने सम्मान दिया ।

सब गाँव वाले धीरे-धीरे बिखर गये। केवल बल्लू ही चिता के पास उदास बैठा अपने दादा के लिये आँसू बहा रहा था। हवा का एक झोंका आया और चिता की लपटें ऊँची हो गई मानों वे भी उस स्वतंत्रता सेनानी को सम्मान दे रही हो ।

❧

विश्वास

"फैंसी चूड़ियाँ ले लो, कंगन ले लो।"

यह आवाज सहज ही महिलाओं का ध्यान आकर्षित करती थी । क्योंकि कंगन और चूड़ियों के प्रति उनका प्रेम विशेष होता है । खरीदना हो या न खरीदना हो वे देखती अवश्य हैं। यह कंगन बेचने वाला इस कालोनी और मोहल्ले के लिये जाना-पहचाना व्यक्ति अब्दुल चाचा थे। अधकचरी सफेद दाढ़ी-मूंछ, सिर पर सफेद मुस्लिम टोपी, कमीज, पायजामा और नितान्त साधारण व्यक्तित्व। यही पहचान है उनकी। उनकी आँखों में एक गहरी उदासी और बुझापन रहता था। लेकिन महिलाओं को चूड़ी-कंगन बेचते और पहनाते समय स्नेहल और संजीदा रहते थे। यह कालोनी शहर से दूरी पर थी । आस-पास अन्य नई कालोनी भी बन गई थी ।

कोई दस बरस पहले अब्दुल अपनी पत्नी शकीला के साथ इस शहर में आ बसे थे। उनका कोई रिश्तेदार इस शहर में पहले से ही रहता था । जहाँ अब्दुल पहले रहता था उस शहर में उसका धन्धा कोई खास नहीं चलता था इसलिये उसके रिश्तेदार ने उसे यहीं बुला लिया। धन्धा अच्छा चलने की आस में वह मय सामान और बीबी के साथ आ गया । किराये के मकान में रहकर चूड़ियाँ बेचने लगा । इस शहर ने उसका स्वागत ठीक ही किया क्योंकि वह ईमानदार और मेहनती था। कुछ पैसे जमा हो गये तो उसने प्लाट लेने का फैसला किया। उसे एक छोटा सा प्लाट जिसकी साइज तीस बाई दस थी, पसंद आ गया। यह प्लाट हिन्दुओं की बस्ती में था। उसके रिश्तेदारों ने उसे बहुत समझाया कि वह हिन्दू बस्ती है, वहाँ रहना मुश्किल होगा, खतरा भी है। लेकिन उसने उनकी एक न सुनी और प्लाट ले लिया। कुछ समय बाद उसने अपना आशियाना भी तैयार कर लिया। मकान, दुकान के और रहने के हिसाब से छोटा पड़ता था इसलिये उसने एक मंजिल और चढ़ा दी । ऊपर खुद रहने लगा और नीचे कंगन स्टोर डाल लिया। बस्ती में सभी घर हिन्दुओं के थे मात्र वह एक ही मुसलमान था। उसे विश्वास था कि मैं इन हिन्दू भाइयों की बस्ती में अधिक सुरक्षित रह सकूँगा। इसलिये उसने कंगन स्टोर का नाम रखा 'जय हिन्द स्टोर्स ।'

उसकी उम्मीद भी ठीक ही निकली। कुछ वर्षों में वह इस

मोहल्ले का इज्जतदार व्यक्ति हो गया। छोटे-बड़े सभी उसे सम्मान से अब्दुल चाचा कहकर पुकारते। उसकी बात को सम्मान से सुना जाता था। वह भी सभी काम में अपना पूरा सहयोग देता था। दशहरा हो या दीवाली, होली हो या ईद सभी साथ में मनाते। गणेश उत्सव, दुर्गा उत्सव आदि पर वह दिल खोलकर चन्दा देता था। इन्हीं वर्षों में उसके यहाँ दो संतानें भी हो गईं। एक बेटा और एक बेटी। बेटा आरिफ और बेटी सईदा इसी माहौल में पलने-बढ़ने लगे । मोहल्ले की औरतों से शकीला का व्यवहार अच्छा था, कई घरों से उसके सम्बन्ध घनिष्ट थे। मोहल्ले की शादी-ब्याह में भी उसे सभी बुलाते थे । वह सभी में घुल-मिल गई थी। अब्दुल की विशेष दोस्ती ठाकुर देवेन्द्र सिंह से और रधुनाथ मास्टर से थी । तीनों की बहुत घुटती थी । एक-दूसरे के बिना उनका काम न चलता था। बच्चे भी पढ़ने लगे-बढ़ने लगे । फुरसत में वे अपने अब्बा और अम्मी के काम में भी हाथ बंटाते थे ।

एक दिन अफवाह उड़ी कि शहर के पूर्वी क्षेत्र में दंगा भड़क गया है । अब्दुल ने इस खबर को कोई खास तवज्जो नहीं दी। क्योंकि वह जानता था कि वह हिन्दुओं की बस्ती है और सभी से उसके संबंध भाई-चारे के हैं । वह अपने काम में लगा रहा। परन्तु कुछ देर बाद गरम हवा के थपेड़े उस तक पहुँचने लगे। जगह-जगह तोड़-फोड़, आगजनी और मार-काट की खबरें आने लगी। अब्दुल फिर भी बेपरवाह बना रहा। उसे विश्वास था कि उसे कोई भी हानि नहीं पहुँचायेगा । सभी तो अपने ही हैं। तभी उसके कुछ रिश्तेदार दौड़ते-भागते किसी तरह रिक्शा से यहाँ पर पनाह के लिये आ गये। शकीला ने उन्हें ढाढस बँधाया कि जब तक हालात ठीक न हो वे यहीं रहे। यह जगह सुरक्षित है, डर की कोई बात नहीं है। सब अपने ही हैं ।

उसी शाम को जब शकीला मेहमानों के लिए खाना पका रही थी । अब्दुल दुकान बन्द कर रहा था कि लोगों के चिल्लाने, चीखने की आवाजें आने लगी । अब वह शंकित हो गया। उसने सबसे पहले अपने बच्चों की सुरक्षा के बारे में सोचा। उन्हीं की उसे अधिक चिन्ता थी । वह अपने दोस्त और पड़ोसी रघुनाथ मास्टर के यहाँ बच्चों को लेकर गया ।

''मास्टर, इन बच्चों को मैं तुम्हारी हिफाजत में रखना चाहता हूँ,

ऐसे आड़े समय में मेरी मदद करो।'' पर मास्टर ने न 'हाँ' कही ना 'न' ।
बस वह केवल देखता रहा, क्या करे क्या न करे अब्दुल के पास समय न था ।
वह तेजी से अब ठाकुर साहब के यहाँ गया। ठाकुर साहब तो बस ठाकुर
साहब ही थे। उनका आकर्षक व्यक्तित्व, रोबदार मूछें, दमकता चेहरा। उन्होंने
समय की नाजुकता को पहचाना और अब्दुल से कहा ''अब्दुल भाई, मैं जानता
हूँ, इस समय तुम पर क्या गुजर रही होगी, मैं बेटे आरिफ की हिफाजत
करूँगा, चाहे जान भी जाये, पीछे न हटूँगा। इसे यहीं छोड़ जाओ। बेटी को कहीं
और रख दो।'' इतना सुनकर अब्दुल की आँखें भर आईं। वह ठाकुर साहब
के गले से लग गया। उसे यह संतोष था कि आखिर ठाकुर साहब ने एक
दोस्त के लिए इतना तो किया।

ठाकुर साहब भी कपड़े डाल उसी के साथ उसके घर की ओर
चल पड़े। दंगाइयों के दो दल दोनों ओर से आते दिखे। ठाकुर साहब और
मोहल्ले के कुछ लोगों ने उन्हें अब्दुल के घर के सामने रोकने
के लिये खड़े हो गये । उन्होंने दंगाइयों को समझाया भी कि ये तो अपने ही
लोग हैं इनसे कैसा बैर। आखिर इन लोगों ने किसी का क्या बिगाड़ा है जो
इनका नुकसान कर रहे हो। दंगाई बहस करने लगे, बेहूदा नारे लगाने लगे,
मारने-काटने की बात करने लगे। मोहल्ले के लोगों ने उन्हें रोकने की बहुत
कोशिश की लेकिन वे नजरें चुराकर अपने मकसद में आखिर कामयाब हो ही
गये। उन्होंने घर में आग लगा दी, जो सामने मिला उसे काट दिया। दृश्य ऐसा
था कि रोंगटे खड़े हो जाय। मानव कितना हिंसक और जानवर भी हो सकता
है, इस दृश्य से दिखाई दे रहा था। इस बीच लोगों ने फुर्ति से शकीला, उसकी
बच्ची और कुछ मेहमानों को वहाँ से सुरक्षित निकाल लिया। लेकिन एक या
दो लोगों की हत्या कर दी गई। अब दंगाइयों का कलेजा ठंडा हुआ। वे दूसरी
ओर चले गये। पुलिस आई। बचे हुए लोगों को राहत शिविर की ओर ले गई
। करीब दो महीने राहत शिविर में रहते हुए अब्दुल अपने बेटे के लिये चिंतित
बना रहा। शिविर से जाने के अभी हालात न थे ।

दंगा शान्त हुआ। शहर की स्थिति थोड़ी सुधरी। लोग अपने काम
से लगने लगे। शहर गति पकड़ने लगा। अब्दुल राहत शिविर में रहता अवश्य
था पर उसका मन रोता था। एक तो उसकी आँखों के सामने अपने वालों
का कत्ल और उसके बेटे आरिफ के लिये। अपनों को खोने का तो गम था
ही और एक दुःख यह भी था कि दंगाइयों ने मोहल्ले वालों की भी बात न

मानी और काण्ड कर डाला। मन में एक विश्वास था कि यहाँ ऐसा कुछ भी नहीं होगा, पर हो ही गया। उसे याद आ रहा था कि जब वह इस मोहल्ले मे नया ही आया था, पर मोहल्ले के लोगों ने उसे कितनी जल्दी अपना बना लिया था, अपनत्व देकर । सभी त्योहारों पर, शादी ब्याहों में उसको कितना पूछते थे । पर वे भी क्या करते? माहौल ही ऐसा था । उन्होंने उसके घर को और उसे बचाने के लिये जी तोड़ कोशिश की थी ।

शिविर में से लोग वापस अपने घरों को लौटने लगे। अब्दुल भी हिम्मत जुटाकर उस मोहल्ले में अपने घर को देखने गया। उसका वह आशियाना राख हो गया था। उसे घर की वे जगह याद आने लगी जहाँ वे सोते थे, खाना खाते थे, बच्चे पढ़ते थे, नमाज पढ़ते थे, शकीला खाना पकाती थी । लड़ते और प्रेम भी करते थे। उस अधजले घर को देखकर अब्दुल सुबक-सुबक कर रोने लगा ।

''इस घर में, इसी मोहल्ले में मैं कितना सुरक्षित और प्रेम से रहता था। कैसा भाई-चारा है यहाँ। ये दंगाई कहाँ से आ गये? मेरी अमन-चैन की दुनिया जला डाली, मेरा आशियाना जला डाला। अल्लाह ने तो बस इन्सान बनाया है किसी को हिन्दू तो किसी को मुसलमान हमने बनाया। इन्सान, इन्सान के खून का प्यासा कैसे और क्यों हो जाता है? मैंने उन लोगों का क्या बिगाड़ा था, क्या मेरा मुसलमान होना ही गुनाह है? अब तो सब तबाह हो गया, बर्बाद हो गया, कुछ न बचा कुछ भी तो नहीं ।''

तभी कंधे पर किसी के हाथ रखने का एहसास हुआ। पलटकर देखा ठाकुर साहब थे। अब्दुल उनसे लिपटकर बच्चों जैसा रोने लगा, ''ये सब क्या हो गया ठाकुर साहब ।''

ठाकुर साहब ने उसे धीरज रखने को कहा। उनकी आँखों में भी आँसू भर आये। वे अब्दुल को अपने घर ले गये। उसके मन को शान्त किया । नाश्ता करवाया तो उसने इन्कार कर दिया केवल चाय पी ली । ठाकुर साहब ने आरिफ को आवाज लगाई । वह अन्दर आया और अपने अब्बू के गले लगकर उन्हें प्यार करने लगा। अब्दुल भी उसे प्यार से बार-बार चूमता रहा ।

ठाकुर साहब ने उसे सांत्वना दी और समझाया, ''अब्दुल भाई वह वक्त ही बुरा था वरना।'' फिर बात बदलते हुए उन्होंने शकीला और बच्ची के हाल पूछे । मकान फिर से बनाने का भी जिक्र किया और मदद की पेशकश

की। ठाकुर साहब को आशंका थी कि इतना बड़ा हादसा होने के बाद अब्दुल शायद ही यहाँ फिर से रहने लगेगा। यह भी हो कि उसके मन में कहीं और सुरक्षित जगह जाने का खयाल हो।

जब ठाकुर ने पूछा तो उसने बड़े आत्म-विश्वास से कहा, ''ठाकुर साहब बुरा वक्त था, एक बद हवा का झोंका आया और तबाही करके चला गया। आप लोग जो भी कर सकते थे आपने मेरे लिये किया। वो तो मेरी ही किस्मत खराब थी वरना क्या ऐसा हो सकता था। मुझे आप लोगों से कोई भी शिकायत नहीं हैं। मैं रहूँगा और यहीं इसी वातावरण में पलेंगे-बढ़ेंगे ताकि मिली-जुली संस्कृति को समझ सकें, जान सकें। इसलिये मैंने और शकीला ने तय किया है कि फिर इसी मकान को बनायेंगे और यहीं रहेंगे, यदि आप लोगों को कोई एतराज न हो तो ।''

''ये कैसी बातें कर रहे हो अब्दुल भाई, आप हमारे ही रहेंगे । आप में और हममें कैसा फर्क। अब तो आपका मकान बनेगा और हम सब मिलकर उसे बनायेंगे, 'एकता भवन' या 'एकता मंजिल'।'' कहकर ठाकुर साहब ने अब्दुल को गले से लगा लिया तो दोनों की आँखों में पानी भर आया ।

कुछ महीनों में ही ठाकुर साहब और मोहल्ले वालों के प्रयास और सहयोग से अब्दुल का नया घर बनकर तैयार हो गया। उसका उद्घाटन हुआ तो मोहल्ले वालों ने खूब खुशी मनाई ।

आज से अब्दुल ने अपना नया जीवन फिर यहीं से शुरू किया । शकीला ने फिर उसका ठेला कंगन और चूड़ियों से सजा दिया। अब्दुल फिर अपने 'धन्धे' पर निकल पड़ा। उसने खुदा का और मोहल्ले वालों का बहुत शुक्रिया माना कि उन्होंने उसकी जिन्दगी को फिर से पटरी पर ला खड़ा कर दिया ।

कालोनियों में ''फैन्सी चूड़ियां ले लो, फैन्सी कंगन ले लो।'' की आवाज सुनाई देने लगी ।

देश द्रोही

महाराज जगवीर सिंह का दरबार लगा हुआ था। सभी सभासद, मंत्री ओहदेदार, पहरेदार, द्वारपाल, सेवक अपने अपने स्थानों पर तैनात थे । प्रजाजन दरबार में महाराज के किसी खास फैसले को सुनने के लिये प्रतीक्षा में सांस रोके खड़े थे। सभी को महाराज के पधारने का इन्तजार था । अभी तो खाली सिंहासन पर सबकी निगाहें लगी हुई थी। थोड़ी खुसुर-फुसुर चल रही थी। जिससे माहौल में धीमी-धीमी आवाजें सुनाई दे रही थी। सारे वातावरण में बोझिलता व्याप्त थी। सभी जनों को जिज्ञासा थी कि महाराज न जाने क्या फैसला सुनायेंगे। एकाएक उद्घोष हुआ, ''वीरों के वीर, कुलभूषण, साहित्य-प्रेमी, प्रजा-पालक, न्याय-प्रिय, दानी महाराज पधार रहे हैं ।'' एक सेवक ने घोषणा की । एकाएक दरबार में आ रही आवाजें शान्त हो गई। महाराज अपने अंगरक्षकों के साथ दरबार में पधारे और सिंहासन की ओर बढ़ गये। महाराज के सम्मान में सभी खड़े होकर झुक गये। महाराज के चेहरे पर चिन्ता की रेखा स्पष्ट नजर आ रही थी । महाराज के सिंहासन पर बैठने के बाद सभी सभासदों ने भी अपना आसन ग्रहण किया ।

''सभा की कार्रवाई प्रारम्भ हो'' महाराज ने आदेश दिया ।

महामंत्री ने खड़े होकर महाराज को प्रणाम किया और अपनी बात प्रारम्भ की ।

''महाराज की जय हो, मैं राज्य का महामंत्री वीर भद्र सिंह, महाराज के समक्ष विवरण प्रस्तुत करने की आज्ञा चाहता हूँ ।''

''आज्ञा है'' महाराज ने आज्ञा प्रदान की।

''जैसा कि महाराज का आदेश था कि सेना नायक दूले सिंह से सम्बन्धित विवरण पेश किया जाय, मैं उनसे संबंधित विवरण प्रस्तुत करने की अनुमति चाहता हूँ।'' महाराज ने हाथ के इशारे से अनुमति दे दी ।

''मैंने सेना नायक दूले सिंह के बारे में जानकारी इकट्ठा करने के लिये अपने आदमी लगाये थे। महाराज, दूले सिंह की खोज राज्य में सभी ओर कर ली गई लेकिन उसका पता कहीं नहीं है । न ही उसका शव कहीं से प्राप्त हुआ है, वह न जिन्दा है न मरा है । मुझे आशंका है कि वह पड़ोसी दुश्मन राज्य से मिल गया होगा । यदि ऐसा है तो उसने अवश्य ही हमारी

सूचनायें दुश्मन को बताई होंगी। इससे हमारे राज्य की सुरक्षा को खतरा उत्पन्न हो गया है।'' इतना कहकर महामंत्री खड़े रहे। और महाराज की ओर देखने लगे ।

महाराज ने एक नजर अपने विश्वसनीय सभासदों पर डाली । शायद वे मन ही मन सोच रहे थे कि दूले सिंह भी इन्हीं विश्वसनीय सेना नायकों में एक था। वह कितना विश्वसनीय, बहादुर और वफादार था, फिर भी । किस पर विश्वास किया जाय और किस पर नहीं। उन्होंने घोषणा की, ''यदि दूले सिंह गिरफ्त में आ जाता है तो उसका सिर धड़ से अलग कर दिया जाय और इसकी सूचना हमें तत्काल दी जावे हम उचित पुरस्कार देंगे।''
प्रजा को मालूम नहीं था कि सेना नायक दूले सिंह लापता है। उन्हें पता चल गया कि दूले सिंह एक बहादुर, दूरदर्शी, निडर और वफादार सेना नायक था। जनता में वह बहुत आदरणीय था। कई अवसरों पर महाराज उससे सलाह लेते थे, जिससे कई मामलों में उन्हें सफलता प्राप्त हुई थी। लेकिन अब तो उसके लिये मृत्यु दण्ड निर्धारित हो चुका था। परन्तु वह पकड़ में आता तब ही तो दण्ड पाता। एक बार फिर उसे ढूंढने का प्रयास किया गया, लेकिन व्यर्थ। आशंका प्रबल हो गई कि वह पड़ोसी दुश्मन राज्य से मिल गया है, इससे राज्य पर संकट आ सकता है ।

पड़ोसी राज्य का राजा ज्योत सिंह अपने निजी कक्ष में राज्य के विश्वसनीय सेना नायकों एवं गुप्तचरों से जानकारी प्राप्त कर रहे थे ।

कमरे में धीमी-धीमी रोशनी फैली हुई थी ।

''क्या समाचार लाये हो भैरव?'' एक गुप्तचर की ओर इंगित कर महाराज ने पूछा ।

गुप्तचर ने राजा को प्रणाम किया और अपना मुख खोला- ''महाराज, हमने दुश्मन के सेना नायक दूले सिंह को कपटपूर्वक गिरफ्तार कर लिया। उसे विशेष कोठरी में बन्द कर दिया गया है और सुरक्षा की प्र्याप्त व्यवस्था कर दी गई है। विशेष सावधानी रखी जा रही है कि यह बात किसी को मालूम न हो ।''

एक सेना नायक ने आगे बढ़कर महाराज को झुककर प्रणाम किया, ''महाराज, क्षमा करें, मैंने और अन्य मंत्री ने शत्रु सेना नायक से कठोरता से गुप्त भेद प्राप्त करने हेतु पूछ-ताछ की लेकिन उससे कोई खास बात मालूम करने में असफल रहे। हमने उसे कई यातनाऐं भी दी लेकिन उसने अपना

मुँह नहीं खोला।''

महाराज ने एक अन्य सेना नायक की ओर देखा, ''और अब तुम क्या कहते हो?''

वह सेना नायक चेहरे से ही दुष्ट, खूँखार और क्रोधी दिखाई देता था। उसकी लाल-लाल आँखों से ही मालूम हो जाता था कि वह कितना निर्दयी होगा । ''महाराज से अर्ज है कि उस सेना नायक से पूछताछ का उत्तर दायित्व मुझे सौंपा जाय। मैं उसको इतनी यातनाऐं दूँगा कि उसके पूर्वज भी आकर भेद दे देंगे, आप विश्वास करें।''

तभी एक मंत्री बोला, ''ऐसा लगता है कि बन्दी सेना नायक बहुत कठोर है, वरना इतनी यातनाएं सहकर तो अच्छे अच्छों के देव याद आ जाते हैं । उसे हमने धन, जागीर, ओहदा, स्वर्ण आदि का भी प्रलोभन दिया, लेकिन वह टस से मस न हुआ।''

इसके बाद महाराज उठकर चले गये ।

दोनों राज्यों की सीमा पर एक मनुष्य का शव क्षत विक्षत अवस्था में पड़ा हुआ था। चील-कौवे अपना भोजन प्राप्त करने की खुशी में आकाश में चक्कर लगा रहे थे। घने वन की झाड़ियों के झुरमुट में पड़े इस शव पर किसी की नजर नहीं पड़ी थी। राज्य का एक लकड़हारा लकड़ियां और गोंद की तलाश में इस जंगल में भटक रहा था। इसी जंगल में कुछ दूरी पर राज्य के गुप्तचर भी विभिन्न वेशों में घूम रहे थे। लकड़हारे ने इस शव को देखा तो उसकी सूचना उसने उन गुप्तचरों को दे दी। गुप्तचरों ने तत्काल उस शव को घोड़े पर लादा और नगर की ओर चल पड़े। नगर पहुँच कर शव की सूचना अपने सेना नायक को दे दी। सेना नायक ने आकर शव का निरीक्षण किया तो उसे लगा कि हो न हो यह शव दूले सिंह का हो सकता हैं, क्योंकि उसका चेहरा इतना खराब कर दिया गया था कि पहचानना मुश्किल था । शव के साथ उसके शरीर पर एक कपड़ा बँधा हुआ था उसमें एक कागज का पुरजा भी बँधा हुआ था। दूले सिंह का शव प्राप्त होने की खबर आग की तरह नगर में फैल गई। सेना नायक ने तत्काल महाराज को दूले सिंह के शव की सूचना दे दी। राजा ने शव की जाँच अच्छी तरह करके विवरण देने को कहा। शासन तंत्र सतर्क हो गया। राज वैद्य की देख-रेख में शव का विवरण तैयार कर महाराज को भेज दिया गया। कागज के पुरजे में लिखे को पढ़ा गया वो इस प्रकार था-

"यह दुश्मन राज्य का सेना नायक दूले सिंह था। हमने इसे कपटपूर्वक गिरफ्तार कर लिया था। दुश्मन राज्य की गुप्त सूचनाऐं प्राप्त करने हेतु इसे नरक से भी बढ़कर यातनायें एवं प्रताड़नाएं दी गई । स्वर्ण, जमीन, जायदाद, धन, औरत, ओहदा आदि प्रलोभन भी दिये गये, लेकिन इसके सामने सभी बेकार सिद्ध हुए। यहाँ तक कि इसके घावों पर नमक भी डाला लेकिन इस मूर्ख सेना नायक ने सभी कुछ हँसते-हँसते सह लिया । यहाँ तक कि अपनी देश-भक्ति की खातिर अपने प्राण भी गँवा दिये। अब इसका मृत शरीर हमारा किसी भी काम का नहीं है इसलिए हम इसे वापस इसे इसके राज्य को लौटा रहे हैं।"

उसके मृत शरीर के घाव और पत्र का लेख यह प्रमाणित करने के लिए पर्याप्त सबूत थे कि दूले सिंह राज्य का गद्दार और देश-द्रोही नहीं था वरन एक सच्चा राष्ट्र-भक्त और वफादार सैनिक था जिसने अपने राज्य के लिये प्राणों की आहुति दे दी ।

महाराज जगवीर सिंह ने जब यह सब सुना तो उनको अपने फैसले पर ग्लानि महसूस हुई । जिस सेना नायक ने अपने प्राण देकर राज्य की रक्षा की होउसके बारे में ऐसे विचार लाना अनुचित है। ऐसे वफादार और स्वामी भक्त सेनानी का राज्य की ओर से सम्मान किया जाना चाहिये ।

महाराज ने आदेश दिया कि नगर के मुख्य चौक में स्वर्गीय सेना नायक दूले सिंह की प्रतिमा लगवाई जाय। प्रतिमा तैयार होने पर राजकीय सम्मान के साथ दूले सिंह की प्रतिमा स्थापित की गई और उसका अनावरण उसकी पत्नी से करवाया गया। उसकी पत्नी को राज्य की ओर से जागीर प्रदान की गई और सम्मान दिया गया। उसकी पत्नी का सिर आज गर्व से उठा हुआ था कि उसका पति देश-द्रोही, गद्दार न होकर राज्य पर प्राण न्यौछावर करने वाला वीर पुरुष था ।

नंदिनी

नंदिनी, एक हँस-मुख लड़की का नाम है। वह बचपन से ही नटखट और अल्हड़ है । वह किसी बात की चिन्ता नहीं करती है। इसी के कारण सारे गाँव में उसकी चर्चा होती है । माता-पिता की वह इकलौती संतान है । लाड-प्यार में पली-बढ़ी । ज्यादातर वह इसी गाँव में रहने वाली अपनी नानी के यहाँ रहती थी। उसकी नानी की भी उसकी माँ के सिवा कोई संतान न थी । इसीलिए वह सबकी दुलारी थी। वह दिनभर अपने संगी-साथियों के साथ खेलती थी। तालाब पर जाना खूब तैरना बस यही उसका शौक था । माँ उसे समझाती कि वह एक लड़की है और लड़कियों को ये सब नहीं करना चाहिए। वह अब सयानी हो गई है, उसे अब घर के कामों में हाथ बँटाना चाि. हये। माँ समझाती थी कि वह अब सत्रह साल की होने को आई है, यौवन चिन्ह शरीर में उभरने लगे हैं। पर उसे इन बातों से क्या? वह अल्हड़ जो ठहरी ।

"ऐ कन्हैया देख मुझे तेरी ऐसी हरकत अच्छी नहीं लगती । ऐसा मजाक करना भी अच्छा नहीं लगता । अब कभी ना करना ।" उसने कन्हैया को सहज लहजे में समझाया ।

कन्हैया उसका बचपन का साथी था । उसी के साथ ही वह खेलते-खेलते बड़ी हुई है । लेकिन अब दोनों यौवन की दहलीज पर थे। भावनाओं का रूप बदल गया था। उस दिन के बाद कन्हैया भी नंदिनी से मिलने में कतराने लगा । लेकिन उसका न मिलना नंदिनी को अच्छा नहीं लग रहा था । उसे क्या पता था कि वह अब कन्हैया को मन ही मन चाहने लगी है । दोनों का मिलन न होने से वह उदास रहने लगी । आखिर एक दिन तालाब किनारे कन्हैया से उसकी भेंट हो ही गई । कन्हैया से उसने न मिलने का कारण पूछा और न मिलने पर नाराजगी भी बनाई । कन्हैया भी नंदिनी को मन ही मन चाहता था लेकिन शब्दों से कुछ जाहिर नहीं करना चाहता था । दोनों की बातों ही बातों में चाहने और प्यार करने की बात निकल ही गई। नंदिनी अब बदल गई थी । उसका अल्हड़पन गायब था, वह बहुत संजीदा रहने लगी ।

वे मौका पाकर चोरी-चुपके एक-दूसरे से मिल ही लेते थे । यह बात गाँव वालों से ज्यादा समय छुप न सकी । गाँव में उन दोनों की चर्चा होने लगी । बात उसके माँ-बाप तक पहुँची । अब तो यह बात सारे गाँव

में हवा की तरह फैल गई थी । हल्ला मचने लगा । बूढ़ी नानी ने सुना तो उसे विश्वास नहीं हुआ । नानी ने नंदिनी को पास बैठाकर जमाने की ऊँच-नीच की बातें समझाई । माँ-बाप ने भी कड़ी फटकार लगाई और भविष्य में ऐसा न करने के लिये चेताया । नंदिनी दो दिनों तक चुपचाप गुमसुम बैठी रही । किसी से भी कोई बात नहीं की । कुछ सोचते-सोचते उसकी आँखों में एक चमक दिखाई दी । लगा कि मन ही मन उसने कोई निर्णय ले लिया है ।

एक दिन वह और कन्हैया दोनों साथ घर से कहीं भाग गये । कुछ ही दिनों बाद दोनों ने शादी कर ली । यह खबर गाँव में फैल गई । बहुत हल्ला मचा। किसी को भी इस बात पर विश्वास नहीं हुआ । गाँव के लोगों ने पंचायत बुलाने का ऐलान किया । पंचायत हुई और निर्णय हुआ कि नंदिनी और उसके माँ-बाप को गाँव में नहीं रहने दिया जायेगा । लेकिन कुछ ही दिनों के बाद नंदिनी और कन्हैया वापस गाँव लौट आये। पर गाँव का कोई भी व्यक्ति उनसे न बोला । सारा गाँव एक तरफ और वे दोनों एक तरफ । सब गाँव वालों ने अपने दरवाजे उनके लिये बन्द कर दिये । कोई भी सहयोग करता तो दण्डित होता । गाँव में केवल एक ही व्यक्ति ऐसा था कि जिसने उनका साथ दिया वह था बनवारी । बनवारी और कन्हैया नीच जाति के थे और नंदिनी ऊँची जाति की थी । इसलिये विरोध तो होना ही था । ऐसे आड़े समय में उनके मित्र बनवारी ने उनकी मदद की। नंदिनी की नानी ने अपनी दो बीघा जमीन नंदिनी के नाम पर कर रखी थी, उसे दे दी । नंदिनी कन्हैया के साथ गाँव से दूर उसी खेत पर झोंपड़ी बनाकर रहने लगी । उस जमीन पर जो फसल वह उगाती उससे उनका जीवन चल जाता था । उस जमीन को उपजाऊ बनाने और अच्छी फसल लेने के लिये उसने बहुत मेहनत की ।

एक दिन शाम का समय था। सूर्य अस्ताचल को जा रहे थे । आसमान में लालिमा छा रही थी । पंछी अपने घोंसलों को लौट रहे थे । नंदिनी अपने खेतों में काम समाप्त कर झोंपड़ी की ओर आने को थी । किसान अपने घरों को चौपायों के साथ लौट रहे थे । अंधेरा तेजी से घिरता जा रहा था । जंगल में अब इक्का-दुक्का ही कोई शेष रहा होगा । नंदिनी को अचानक कुछ महिलाओं के चिल्लाने-चीखने की आवाज आने लगी। उसने धुँधलके में नजर दौड़ाई तो देखा बहुत दूरी पर कुछ पुरुष महिलाओं से छीना-झपटी कर रहे हैं और फिर मारना-पीटना भी हो रहा था। नंदिनी को मन में कुछ खटका

हुआ तो वह समझ गई कि हो न हो महिलाओं को कोई लूट रहा है, मार रहा है। नंदिनी ने अपने पास पड़ा हंसिया उठाया और उस तरफ दौड़ गई। वह जब पास पहुँची तो गजब का दृश्य था। चार लोग उन तीन महिलाओं पर टूट पड़े थे। वे उनके गहने उतारना चाहते थे और महिलाओं के विरोध करने पर उनको पीट रहे थे। इसलिये उनमें आपस में हाथा-पाई हो रही थी। नंदिनी को पास आता देख एक लुटेरे ने उस पर भी लाठी चलाई। नंदिनी ने उसका वार चुका दिया। उसने उस पर दूसरा प्रहार किया, अब प्रहार नंदिनी की पीठ पर पड़ा। लेकिन उसने अपने हाथ का हंसिया हाथ से नहीं छोंडा और उसी से उनका सामना करती रही। उनकी गुत्थम-गुत्था में लुटेरों को कई बार हंसिये के घाव लगे। वे घायल होने लगे। नंदिनी ने हिम्मत न हार कर वार पर वार किये। दस दौरान कई बार उसे लाठी के वार सहना पड़े। उन तीन महिलाओं ने और नंदिनी ने आखिर उन लुटेरों को खदेड़ दिया और वे भाग गये। बाद में उन महिलाओं ने बताया कि वे हमारे गहने उतारने की कोशिश कर रहे थे साथ ही हमारी इज्जत पर भी डाका डाल रहे थे। हमने रोकने की बहुत कोशिश की लेकिन वे चार थे और पुरुष भी। नंदिनी सांत्वना देकर उन्हें गाँव छोड़ आई।

कुछ समय बाद ही सारे गाँव में महिलाओं के साथ लूट की वारदात और इज्जत लूटने की बात फैल गई। कुछ युवा, जोशिले लोग उन लुटेरों की तलाश में जंगल में जाने लगे तो लोगों ने समझाया कि अंधेरा बहुत हो गया है, धोखा हो सकता है, अतः जाना ठीक न होगा। बातों ही बातों में यह भी मालूम हुआ कि यदि आज नंदिनी न होती तो उन महिलाओं की न तो इज्जत बचती और न ही गहने और जान भी। जिसने भी सुना वह नंदिनी की बहादुरी की तारीफ करने लगा। कुछ नव-जवानों ने तो उसके निष्कासन को समाप्त करने और उसे वापस गाँव में रहने का अधिकार देने की वकालात की। आज नंदिनी न होती तो न जाने क्या होता।

दूसरे दिन गाँव की पंचायत बुलाई गई। पीड़ित महिलाओं ने नंदिनी की बहादुरी का बखान किया और बताया कि नंदिनी ने उन्हें बचाने के लिये अपनी जान की परवाह न की लुटेरों का बहादुरी से सामना किया। यदि वह समय पर न आती तो हमारे गहने, इज्जत और जान सभी चले जाते। नव-जवानों का जोर था कि हम एकतरफा फैसला चाहते हैं कि

नंदिनी को पुनः गाँव में रहने दिया जाय। वह गाँव की शान है, जिसने गाँव की इज्जत बचाई हो, उसे हम बेइज्जत कैसे कर सकते हैं? वह भी गाँव की बेटी और बहू है । पंचायत ने गाँव में ही नंदिनी के रहने का निर्णय सुना दिया ।

नंदिनी अब गाँव में अपने पति कन्हैया के साथ ही रहती है । अपने माता-पिता और नानी की सेवा करती है । नानी की जमीन से आजीविका चलाती है । गाँव वाले उसे सम्मान देते हैं और प्यार करते हैं ।

मारिया

कई वर्षों के बाद आज फिर मुझे इस समुद्र किनारे बसे हुए मछुआरा के उस छोटे से गाँव में जाने का अवसर प्राप्त हुआ । लगभग ३० वर्ष पूर्व में इस गाँव में कई बार आता-जाता रहा हूँ । आज फिर इतने समय बाद इस गाँव में आना बड़ा सुखद एवं अजीब सा लग रहा था। गाँव में सुधार एवं तरक्. की के नाम पर कोई खास असर नहीं दिखाई दे रहा था । हाँ, जीवन उपयोगी आधुनिक साधन बहुत मात्रा में दिखाई दिये । उनकी बोली वही, वेशभूषा वही, व्यवहार वही और वही टट्टड की झोपड़ियाँ । मैं इस समय हमारे क्षेत्र के सांसद के सचिव के रूप में मछुआरों के कल्याण कार्यक्रम की रूपरेखा तैयार करने में मछुआरों की सोसायटी के अध्यक्ष से विचार-विमर्श करने हेतु आया था ताकि अच्छी योजना बनाई जा सके। इतने वर्षों के बाद मेरे यहाँ आने पर मुझे कौन पहचानता ? अब मेरी उम्र ६० वर्ष होने को है । मैं पूछता हुआ सोसायटी के अध्यक्ष के कार्यालय तक जा पहुँचा । यह कार्यालय टट्टड की झोपड़ियों के बीच पक्का बना मकान था । इसीलिये वह अलग ही दिखाई दे रहा था । उस सोसायटी का बोर्ड भी लगा हुआ था । सीढ़ियाँ चढ़कर मैं अन्दर चला गया । वहाँ मैंने देखा कि वह कार्यालय साफ-सुथरा था, दरवाजे-खिड़की पर पड़े पर्दे साफ और करीने से लगे हुए थे । पंखे, कूलर और फर्नीचर सब व्यवस्थित रखे हुए थे। अध्यक्ष की कुर्सी पर एक नवयुवक बैठा था जो करीब २७.२८ वर्ष की आयु का लग रहा था । उसने मुझे आते हुए नहीं देखा । वह किन्हीं कागजों को बड़े ध्यान से पढ़ रहा था । उसकी कद-काठी अच्छी गठीली लग रही थी । उसके घने और काले बाल जो थोड़े घुँघराले भी थे, घनी काली मूँछ और आँखों पर सुनहरी फ्रेम का चश्मा लगा हुआ था । कुल मिलाकर उसका व्यक्तित्व आकर्षक था । जब मैं उसके पास पहुँचकर खड़ा हो गया तो उसने नजरें उठाकर मेरी ओर देखा । उठकर उसने सम्मान से मुझसे हाथ मिलाया और कुर्सी पर बैठने का इशारा किया । मैंने सौजन्यतावश अपना परिचय दिया और आने का उद्देश्य भी बताया । उसकी बातचीत के तरीके में बहुत शिष्टता थी । अभी हमारी बात चल ही रही थी कि एक अधेड़ महिला वहाँ आ गई और वह उससे बातें करने लगा । मैं उस महिला की ओर गौर से देखता रहा । न जाने क्यों मुझे लग रहा था

कि इस महिला को शायद मैंने कहीं देखा है। उसका चेहरा कुछ जाना हुआ लगा । याद करने का प्रयास किया भी पर कुछ याद नहीं आया । मुझे लगा कि जब मैं इस बस्ती में आता था तब देखा होगा। फिर मेरी नजर टेबल पर रखी नेम प्लेट पर गई तो उस पर एम.के. कपूर लिखा हुआ देखा । इससे मुझे कुछ आश्चर्य हुआ । कारण यह था कि यह बस्ती मछुआरों की है और इसमें अधिकांश ईसाई समुदाय के लोग ही रहते हैं, फिर यह 'कपूर' कैसे ? दिमाग पर जोर देने पर कुछ याद आने लगा ।

करीब तीस वर्ष पूर्व की बात है जब मैं इस बस्ती में डेविड नाम के मछुआरे के पास आता रहा था । एक दिन इसी सिलसिले में मैं समुद्र किनारे आकर खड़ा होकर समुद्र की लहरों को उठते-गिरते देख रहा था । डेविड मछलियाँ पकड़कर अपनी नाव खूँटे से बाँध रहा था । तब मैंने उससे बात शुरू करते हुये पूछा, "ओ डेविड, इन तूफ़ानी लहरों से तुम्हें डर नहीं लगता ?"

डेविड ने सहज लहजे में कहा, "नो सर, हम इनसे डरेंगा तो कैसा चलेंगा ? हमारा तो रोज का जइज धन्धा है, हमको तो डे नाईट इशी में रहना हैं ।"

ऐसी ही छोटी-मोटी बातें करके में डेविड से पहचान बढ़ाता रहा । बात यह थी कि मेरे करीबी एक मित्र राजन कपूर थे । उनका एक ही बेटा कुणाल था । राजन का बंगला इस बस्ती से करीब दस किलोमीटर की दूरी पर था। पहले उसका बंगला आता उसके बाद यह बस्ती । उसका बेटा कुणाल शहर के कालेज में पढ़ने जाता था। कार से और मारिया बस से जाती थी । कुणाल को कालेज छोड़कर ड्राइवर गाड़ी ले जाता । एक दिन एक लड़का अपनी मोटर साईकल से मारिया को टक्कर मारता हुआ चला गया । मारिया के हाथों की किताबें नीचे गिर गई । वह उन्हें उठाने के लिये झुकी ही थी कि कुणाल की गाड़ी वहाँ आ गई । यदि ड्राइवर तत्काल ब्रेक नहीं लगाता तो निश्चित ही कोई घटना हो जाती ।

"मुझे यहीं उतार दो" कुणाल ने ड्राइवर को आदेश दिया ।
उतरकर कुणाल उस लड़की के पास गया और कहा, "यह सड़क है मिस, अभी कुछ हो जाता तो आप गाड़ी वाले का नाम धरती ।"

"सॉरी, आई एम व्हेरी सॉरी ।" कहकर मारिया चली गई ।
कुणाल ने देखा तो उसे न जाने क्यों वह लड़की अच्छी लगी । उसका रंग

तो सांवला था, लेकिन नाक-नक्श से वह सुन्दर थी । मारिया ने उस गाड़ी वाले रईस लड़के को एक बार पलटकर अवश्य देखा। कालेज में वे अक्सर खाली समय में आमने-सामने मिल ही जाते। धीरे-धीरे उनका सम्पर्क और परिचय बढ़ता गया । कभी-कभी कुणाल मारिया को अपनी गाड़ी में बैठाकर छोड़ आता ।

मारिया का बाप डेविड कठोर स्वभाव का इन्सान था । मारिया की माँ की मृत्यु हो जाने के बाद उसने उसे कठोर अनुशासन में पाला था । वह चाहता था कि उसकी बेटी मछुआरों की बस्ती से दूर कहीं अच्छी जगह अपनी जिन्दगी गुजारे । कुणाल और मारिया का प्रेम दिनोंदिन बढ़ता जा रहा था । वे अब एक-दूसरे के बगैर नहीं रह सकते थे । मारिया ने यह बात अपने बाप को तनिक भी मालूम न होने दी । पर कुणाल मारिया के बगैर नहीं रह सकता था । उसने इस सम्बन्ध में अपने पिता से बात की । साथ ही मारिया से ही विवाह की जिद भी बता दी । राजन कपूर एक रईस और घमण्डी आदमी था वह इसे कब मानने वाला था । उसने कुणाल से कड़ों शब्दों में कह दिया, "बेटा, उस लड़की से शादी की बात मन से निकाल दो । शादी-विवाह तो बराबर के लोगों में होते हैं । मैं तुम्हारे लिये एक से बढ़कर एक रिश्ते ला सकता हूँ । अभी तो तुम अपना ध्यान अपनी पढ़ाई, अपने कैरियर पर लगाओ । तुम्हारा सुनहरा भविष्य तुम्हारी राह देख रहा है । मैं तुम्हें पढ़ने के लिये विदेश भेजूँगा । वहाँ से तुम बड़े आदमी बनकर आओगे, तब तुम्हारी शादी अच्छे खानदान में होगी । कहाँ हम और कहाँ वो मछुआरा।" कहकर कपूर ने बात टाल दी ।

लेकिन कुणाल को यह गँवारा नहीं हुआ । बाप-बेटे का संवाद बन्द हो गया । कुणाल अब मारिया के बिना नहीं रह सकता था । उसने कालेज जाना बन्द कर दिया और दिन भर बन्द कमरे में पड़ा रहता । खाना-पीना भी बन्द सा था । इससे उसका स्वास्थ्य गिरता जा रहा था । वह अन्दर ही अन्दर घुटता जा रहा था । कपूर को उसके गिरते स्वास्थ्य से चिन्ता होना स्वाभाविक थी । मैंने कपूर को समझाया भी लेकिन वह जिद्दी था, मेरी एक न मानी और कुणाल को कलकत्ता अपने भाई के पास भेज दिया । उसे लगा कि अब सब ठीक हो जायेगा । लेकिन इससे तो आग और बढ़ गई। कुणाल की तबियत वहाँ भी नहीं सुधरी तो उसका स्वास्थ्य परीक्षण अच्छे डाक्टरों से करवाया गया । जाँच से पता चला की उसे तो ब्लड कैंसर है । राजन कपूर की जिद काम

न आई । इस खबर से उसके पैरों तले की जमीन खिसकने लगी ।

कपूर ने मुझे बुलाया । उसने मुझे समझाया कि किसी भी तरह कुणाल का विवाह मारिया से हो जाना चाहिये । इस सम्बन्ध में मैंने कपूर को पहले भी समझाया था । तब उसकी जिद थी जिसके कारण कुणाल का आज यह हाल हुआ । कपूर ने इस सम्बन्ध में मारिया के बाप डेविड से बात करने की जिम्मेदारी मुझे सौंपी । और कहा कि किसी भी स्थिति में डेविड को राजी करना तुम्हारा काम है । दिखने में डेविड खूँखार लगता था। वह कम ही बोलता था । उसकी आवाज भी कड़क थी । अब मुझे उसी से दोस्ती करनी थी । इसीलिये मैं रोजाना बस्ती में जाकर डेविड से पहचान बढ़ाता रहा । अवसर पाकर मैंने डेविड से मारिया और कुणाल की प्रेम गाथा कह डाली और विवाह का प्रस्ताव भी रख दिया । मेरी बात सुनकर डेविड भड़क उठा । मैंने उसे समझाया कि अपनी जिद से कोई फायदा नहीं है । शान्त मन से सोचकर अपनी इकलौती बेटी के बारे में सोचो । पर वह मानने को तैयार ही नहीं था । तब मैंने उसे बताया कि मारिया और कुणाल दोनों ही आपस में बहुत प्रेम करते हैं । दोनों को एक बार मिल लेने दो । फिर बाद में जैसा भी होगा तय कर लेंगें । "तुम क्या बात करता है मेन, मैं कपूर को जानता । वह बहुत अमीर और घमण्डी आदमी है । हमारा उससे कुछ भी जमने का नई ।" कहकर वह जाने लगा । मैंने अपनी बेटी की खातिर जिद छोड़ने के लिये कहा तो वह दोनों को मिलवाने के लिये राजी हुआ, "पर मेन उसका बाप लेंड लार्ड है, वह मेरी बेटी से जस्टिस नाय कर सकेगा । नाय-नाय ये बिलकुल नई होने को सकता ।" बड़ी मुश्किल से वह मिलाने को राजी हो गया ।

मैंने मारिया और कुणाल को मिलवाने का पूरा इन्तजाम कर रखा था । डेविड और मारिया को लेकर मैं कुणाल के पास पहुँचा । कपूर से मैंने पहले ही वादा ले लिया था कि वह कुछ न बोलेगा, बस दूर से देखता रहेगा । अस्पताल के एक कमरे में मारिया और कुणाल की मुलाकात हुई । दोनों एक-दूसरे से ऐसे गले लग गये मानो सदियों से बिछड़े हुए हों । दोनों एक-दूसरे को प्यार करते और चूमते रहे । मिलने की खुशी में दोनों की आँखों में आँसू थे । यह सारा दृश्य कमरे के बाहर से मैं और डेविड भी देख रहे थे । उनके प्यार को देखकर हमारी आँखें भर आई । डेविड तो रोने ही लग गया । उसके मुँह से बोल नहीं निकल पा रहे थे । वह भी बेटी के दिल को नहीं तोड़ना चाहता था । उसने अपनी आँखों के आँसूओं को पोछा और

बोला, ‘‘सर, शायद गॉड को ऐज मंजुर है, तो हम क्या करेंगा । दोनों में इतना लव । अब जल्दी से दोनों का मेरेज बना दो । आगे मारिया का जो किस्मत होयगा, वो ईश्वर जानता है ।’’

तत्काल शादी का प्रबन्ध किया गया । हम पाँच लोगों की उपस्थिति में कुणाल और मारिया का विवाह सम्पन्न हो गया । कपूर ने तत्काल उनके हनीमून की व्यवस्था भी कर दी ।

हनीमून से आकर कुणाल ने मुझसे कहा, ‘‘अंकल आपने मेरे लिये कितना कुछ किया । मुझे नया जीवन दिया । मारिया से मिला दिया, वरना उसके बिना तो मैं मर भी नहीं सकता था । थैंक्यू ।’’ कहते उसका गला भर आया ।

एक माह तक तो ठीक चला। अचानक एक दिन कुणाल की तबियत फिर बिगड़ गई। डॉक्टरों ने तत्काल इलाज शुरू किया। कुणाल को लगा शायद उसके पास अब अधिक समय नहीं है। उसने मुझे बुलाकर मारिया के गर्भवती होने की बात कह दी। फिर मारिया को बुलाया बोला, ‘‘मारिया, सॉरी, व्हेरी सॉरी, मैं शायद आगे तुम्हारा साथ न दे पाऊँ। लेकिन तुम अपने बेटे को अमीर न सही एक अच्छा इन्सान बनाना, यह मेरी इच्छा हैं।’’ कहते-कहते उसकी सांसें उखड़ने लगी और उसने मारिया की गोद में ही दम तोड़ दिया ।

कुणाल के चले जाने के बाद कपूर का व्यवहार मारिया के प्रति उपेक्षा और कठोरता पूर्ण हो गया । वह चाहता था कि मारिया अब वहाँ न रहे । बात-बात पर वह उसे ताने मारता और अपनी जायदाद में से फूटी कौड़ी भी न देने की बात करता । मारिया ये कब तक सहती । उसने वह घर छोड़ दिया और अपने पिता डेविड के पास आ गई। यहीं उसने एक बेटे को जन्म दिया ।

मैं आज जिस शख्स के सामने बैठा था यह उसी कुणाल कपूर का बेटा है। जो अपने संस्कारों के कारण मछुआरों के बीच में रहकर भी हीरे जैसी चमक रखता है। उसकी बुद्धि और योग्यता स्पष्ट दिखाई देती है। और वह अधेड़ महिला जो उससे बात कर रही थी वह निश्चित ही मारिया ही होगी। मैंने उसे पुकारा, ‘‘मारिया’’

वह ठिठक कर रूक गई, पलटकर उसने मुझे देखा पर पहचान न पायी। उसे बड़ा अजीब लगा कि एक अजनबी उसे कैसे जानता है ? यह प्रश्न उसके दिमाग में उठ रहा था । वह कुछ कदम चलकर वापस मेरे पास

आई तो मैंने उसे अपना परिचय दिया । खुशी और आश्चर्य से उसकी आँखें बहने लगी । उसने मुझे सब बताया कि कुणाल के मरने के बाद कपूर ने उसके साथ कैसा व्यवहार किया । तब से मैं अपने पिता के पास ही रह रही हूँ । यह जो सामने बैठा है, यही कुणाल का बेटा है । कुणाल की इच्छा अनुसार मैंने उसे योग्य बनाकर कुणाल को दिया वचन निभाया । मैंने जब डेविड के बारे में पूछा तो उसने छाती क्रास बनाया और कहा वह समुद्र में मछली पकड़ने गया था तो तूफानी लहरों में डूब कर मर गया ।

इस घटना के बाद एक दिन कपूर के छोटे भाई का एक पत्र मुझे मिला । उसमें उसने मुझे आवश्यक कार्य से कलकत्ता बुलाया था । जब मैं कलकत्ता पहुँचा तो वह मुझे लेने आया । मैंने बुलाने का कारण पूछा तो उसने बताया, ''आप, भाई साहब के विश्वसनीय और अच्छे मित्र हैं । आप तो जानते हैं कि कुणाल ने उनकी इच्छा के विरूद्ध मारिया से विवाह किया था इसीलिये भाई साहब ने मारिया को अपनी जायदाद से बेदखल कर दिया था । लेकिन कुछ दिनों पहले वकील वसीयत लेकर मेरे पास आया । उसका कहना है कि यह वसीयत उनकी मृत्यु से ठीक पहले बनाई गई है । इसके अनुसार भाई साहब की समस्त जायदाद का वारिस उनका पौत्र यानी कुणाल का बेटा होगा । शायद आपको मालूम ही होगा कि मारिया और उनका बेटा कहाँ हैं । भाई साहब की इच्छा अनुसार मैं यह सब उन्हें सौंपकर जिम्मेदारी से मुक्त होना चाहता हूँ । इस कार्य में आप मेरी मदद करें ।'' कहकर वह थोड़ी देर मेरी ओर देखता रहा ।

मैं कुछ सोच ही रहा था कि उसने कहा, ''आप खर्च की चिन्ता न करें, मैं सब कर दूँगा ।''

मैंने उसे बताया कि मारिया अपने पिता के घर पर ही कुणाल के बेटे के साथ रह रही है । दोनों को उसने बुलवाया और वकील के द्वारा उनकी वसीयत उन्हें सौंप दी गई ।

उस सम्पति में से उसने उस मछुआरे की बस्ती में एक बड़ा स्कूल और एक बड़ा अस्पताल बनवा दिया । दोनों ही का नाम उसने अपने पिता कुणाल कपूर के नाम पर रखा ।

शिकवा

पूर्णिमा की रात, होली की रात थी। चाँद अपने पूरे शवाब पर था । ऐसी चाँदनी का नशा कुछ और ही होता है। वैसे तो पूरा वातावरण शांत था । होलिका दहन रात्रि में होने से कुछ किशोर उधम मचा रहे थे, खेल रहे थे । गौरव सामने वाले खाली मैदान में एक बड़े पत्थर पर शांत बैठा था। लेकिन इस शांत चाँदनी में भी उसका चित्त अशांत था। इस उल्लास भरे माहौल में भी किसी व्यक्ति का अकेले चुपचाप बैठना आश्चर्यजनक था । गौरव की पत्नी अलका को मायके गये कोई चार-पाँच दिन हो गये थे, इसीलिये वह अकेला बेचैनी महसूस कर रहा था । गौरव अपनी पत्नी अलका को बहुत प्यार करता था और अलका भी उसकी भावनाओं को अच्छी तरह समझती थी । वैवाहिक जीवन के इन दो वर्षों में उनके बीच प्यार बढ़ता ही गया । घर में अलका, गौरव और केवल गौरव की माँ ही थी । कुल तीन प्राणी । वृद्ध माँ का गौरव बहुत ध्यान रखता था क्योंकि उसका जीवन ही उससे जुड़ा हुआ था ।

एक दिन आफिस से घर आकर उसने हाथ-मुँह धोये और चाय पी रहा था ।

"माँ ने खाना खा लिया ?" अलका से पूछ लिया ।

"हाँ खा लिया" अलका ने भी उत्तर दे दिया था ।

गौरव ने चाय खत्म की और अपने कमरे में चला गया । कपड़े बदल कर वह माँ के कमरे में पहुँच गया ।

"माँ खाना खा लिया" गौरव ने सहज लहजे में ऐसे ही पूछ लिया ।

"हाँ, बेटा मैंने तो खा लिया अब तुम लोग भी खाना खा लो ।" कहकर माँ गौरव को एकटक देखने लगी कि उसका बेटा उसका कितना ध्यान रखता है । अलका यह सब देख-सुन रही थी । उसे गौरव का माँ से भी पूछना कुछ अच्छा नहीं लगा, क्योंकि इससे पहले ही वह मुझसे पूछ चुका था, क्या मेरा विश्वास नहीं है गौरव को । क्या मैंने झूठ कहा था ? क्या मैं माँ का ध्यान नहीं रखती ? इन प्रश्नों के कारण वह मन ही मन नाराज होकर किचन में चली गई । थोड़ी देर बाद गौरव भी किचन में चला गया ।

जब वे खाने पर बैठे तो अलका ने एक ही थाली परोसी, जबकि रोज दोनों ही खाना साथ-साथ ही खाते थे । उसने गौरव से अनमने ढंग से कहा, "खाना

लगा दिया है खा लीजिए ।''

''और तुम?'' गौरव ने पूछा।

''नहीं, मैं थोड़ी देर से काम निपटाकर खा लूँगी ।'' वह कनखियों से गौरव की ओर देख रही थी । गौरव को कुछ अजीब लगा । उसने एक बार और आग्रह किया, लेकिन अलका नहीं मानी। गौरव खाना तो खाने लगा लेकिन उसे कुछ खटका जरूर हुआ कि आज अलका का व्यवहार बदला हुआ है । गौरव को लगा कि किसी बात को लेकर अलका उससे अवश्य नाराज है । उसने नाराजगी का कारण भी उससे जानना चाहा । प्रेम से पूछा भी लेकिन वह 'कुछ नहीं' कहकर टाल गई ।

रात को सोते समय भी वह ठीक से बात नहीं कर रही थी, खिंची सी रही । गौरव ने उससे उसका कारण पूछा तो कहने लगी, ''मेरी बात का आप विश्वास नहीं करते हैं मेरी बात की कोई कीमत नहीं । अपनी पत्नी पर ही भरोसा नहीं करते हो तो फिर क्या ?''

''बताओ? मैं तो तुम्हारी हर बात पर भरोसा करता हूँ, तुम मेरी पत्नी हो तुम पर ही भरोसा नहीं करूँगा तो फिर किस पर करूँगा । ऐसी कौन सी बात है जिस पर मैंने तुम्हारा भरोसा न किया हो, जरा बताओ ?'' गौरव ने पूछा ।

''मैं ठीक ही तो कह रही हूँ ।'' अलका ने मुँह बनाते हुए कहा । गौरव उसका मुँह देखने लगा । सोचने लगा कि ऐसी कौन सी बात है कि अलका नाराज हो गई ।

''क्या माँ जी आपकी ही माँ है मेरी कुछ नहीं । क्या मैं उनका ख्याल नहीं रखती । केवल आप ही रखते हैं । जब आप नहीं रहते हैं तो कौन ख्याल रखता है । आप ही ख्याल रखें मैं कौन होती उनकी ।''
''नहीं-नहीं। मैंने ऐसा कब कहा.. मैं तो आफिस में रहता हूँ, पूरा दिन तुम्हीं घर पर रहती हो और माँ का ध्यान रखती हो ।''
''आज जब आपने मुझसे पूछा कि माँ ने खाना खा लिया तब मैंने आपसे कहा था हाँ खा लिया । पर आपको मेरा भरोसा कहाँ था इसलिये माँ से पुनः पूछा । इससे लगता है कि आप मुझ पर भरोसा नहीं करते हैं ।''

अब गौरव को बात की तह मालूम हुई कि अलका क्यों नाराज है । ''देखो अलका तुम यह तो जानती ही हो कि मैं माँ को कितना प्यार करता हूँ, उनकी देखभाल करना अपना कर्तव्य है। बस इसीलिए उनसे पूछ लिया था ।''

"हाँ, सारा ध्यान तो बस आप ही रखते हैं, मैं कौन होती ध्यान रखने वाली ?" अलका व्यंग्य से बोली । बात और न बढ़े इसलिए दोनों अनमने से हो सो गये ।

अगले दिन अलका कुछ जल्दी ही उठ गई और तैयार हो गई । गौरव समझ गया कि वह नाराज है इसीलिए यह सब कर रही है । रात में भी उसने ठीक से बात नहीं की थी, शायद सोई भी नहीं थी। "मैं मायके जा रही हूँ ।" उसने गौरव से नजर चुराकर कहा, "मुझे लेने मत आना, मेरी मरजी होगी तब चली आऊँगी ।"

गौरव को लगा कि अलका अभी भी उससे नाराज है, उसका गुस्सा उतर जायेगा तो वह आ जायेगी । फिर भी गौरव ने उसे समझाया कि होली का त्यौहार आ रहा है ऐसे में उसका घर से जाना ठीक नहीं है । पर वह न मानी, गौरव ने भी नहीं रोका ।

अलका ने रिक्शा मंगवाया और स्टेशन की ओर चल पड़ी । गौरव अलका को बहुत चाहता था । अलका ने जाते-जाते गौरव की ओर प्रेमभरी नजरों से देखा और गौरव ने अलका को । त्रिया चरित्र के कारण ही अलका अपनी नाराजगी जताने के लिये भी रूँआसी होकर चली गई । उसे गये तीन दिन हो गये पर अलका का फोन नहीं आया । गौरव ने एक बार फोन किया तो उसने भी नाराजगी के चलते फोन नहीं उठाया । होली की रात आ गई । अलका के बिना घर सूना लगने लगा । अकेलापन खाये जा रहा था । रात को नींद नहीं आती थी । आज की रात होली की रात भी बहुत ही सुनसान लग रहा था । अलका के बिना उसका जीवन कितना अधूरा सा लगता है, यही कुछ वह उस पत्थर पर बैठा-बैठा सोच रहा था ।

होली तो हो ली। होली के तीसरे दिन उसके यहाँ पोस्ट से एक विवाह पत्रिका आई । विवाह और किसी के यहाँ नहीं बल्कि अलका की मौसी के यहाँ उनकी लड़की का था । गौरव सोचने लगा वहाँ जाये या नहीं जाये । अलका से मिलने का और उसे मनाने का यह अच्छा अवसर है । उसने विवाह में जाने का निश्चय कर लिया । आफिस में उसके लिये छुट्टी भी स्वीकृत करवा ली । एक दिन अलका का फोन आ गया । फोन पर वह गौरव को बता रही थी कि मौसी के यहाँ बेटी का ब्याह है, आपको पत्रिका मिली या नहीं । मेरे पास साड़ियाँ विवाह में पहनने जैसी नहीं हैं । इसलिये आप आयें तो अपनी आलमारी में से वो ऐसी-ऐसी तीन-चार साड़ियाँ, पेटीकोट और

ब्लाउज सहित लेते आयें । कमरे की खिड़कियाँ ठीक से बन्द कर देना, गैस भी अच्छी तरह से बन्द करना, माँ जी को किसी प्रकार की तकलीफ न हो, ऐसी व्यवस्था करके आना । खर्च के लिये, विवाह में भेंट भी देना है, इस प्रकार से रूपये लेते आना । गौरव अलका के निर्देशों को चुपचाप सुनता रहा, केवल हाँ, हाँ ही करता रहा । फोन रखने पर उसकी आँखों में प्रसन्नता और प्रेम के आँसू आ गये। वो समझ गया कि प्यार तो बस प्यार ही होता है । अलका भी उससे अलग नहीं रह सकती है ।

तारीख १४ को गौरव विवाह समारोह में शामिल होने चला गया । उसे इस बात की खुशी थी कि अलका है तो अपनी माँ के घर लेकिन उसे 'अपने' घर का भी कितना ध्यान रहता हैं, भले ही वह नाराज होकर गई हो । अच्छी पत्नियां ऐसी ही होती हैं ।

गौरव विवाह स्थल पर पहुँचा। बहुत आदरपूर्वक उसका स्वागत हुआ, उसके हाथ की अटैची अलका लेने आई और आँखों में प्यार भर उसे देखा । उसका सामान एक कमरे में ले गई, गौरव भी उसके पीछे-पीछे चला गया ।

"कैसे हो ?" अलका ने निगाहें मिलाकर पूछा ।

"तुम कैसी हो" गौरव ने प्रेम से पूछा दोनों की आँखें मिली । स्नेह का ज्वार उमड़ पड़ा ।

दोनों की आँखें नम हो गई। अलका गले से लग गई और आँसू टपकाने लगी, गौरव भी आँसू नहीं रोक पाया । सारे शिकवे-गिले आँसुओं में बह चले ।

"माँ जी कैसी हैं?" अलका ने आँसू पोंछते हुए पूछा । "मेरी साड़ी ले आये" संयमित हो अलका ने कहा ।

"हाँ" गौरव भावुकता से नहीं उबर पाया था।

विवाह की भेंट खरीदने दोनों बाजार गये । पूरा दिन न जाने कहाँ घूमते रहे । विवाह में दोनों ने खुशी-खुशी भाग लिया ।

"माँ जी अकेली हैं इसलिये हमें घर जल्दी जाना है ।" कहकर उसने अपनी माँ और मौसी से विदा ले अपने घर आ गई ।

अधूरा खत

'ठाँय-ठाँय' (कुछ देर रूककर) 'ठाँय-ठाँय।'

ये आवाजें गोलियाँ चलने की थी । आये दिन भारत-पाक सीमा पर आती ही रहती थी । पाकिस्तानी सैनिक बिना वजह ही सीमा पर गोलीबारी करते रहते हैं । इसलिए गाँव वालों के लिए और पोस्ट पर तैनात सैनिकों के लिये यह आम बात होती है । लांस नायक शमशेर सिंह भी इसी पोस्ट पर तैनात हैं । उसकी तैनाती को अभी चार-पाँच माह ही हुए होंगे। शमशेर सिंह एक बहादुर, साहसी नौजवान था । उसके पिता का भेजा हुआ पत्र उसे कल ही प्राप्त हुआ । उसी पत्र का उत्तर वह लिख रहा था । तभी ट्रूप कमाण्डर का आदेश हुआ कि जाओ और मोर्चा संभालो । पाकिस्तानी फायरिंग का माकूल जवाब दो । शमशेर ने अपना पेन और पत्र वहीं छोड़कर रायफल उठाई और मोर्चे पर जा डटा । कुछ जवान पहले से ही मोर्चे पर डटे हुए थे । कुछ को रिलीव्ह किया और शमशेर ने फायरिंग शुरू कर दी । रूक-रूक कर फायरिंग होती रही । पाकिस्तानी कभी-कभी मोर्टार से भी गोले बरसाते थे । सैनिकों को तो इन सबकी आदत रहती है लेकिन गाँव वाले परेशान हो जाते थे। उनकी खेती का धन्धा जो चौपट हो रहा था। करीब तीन घन्टे बाद फायरिंग बन्द हुई । वातावरण में थोड़ी शान्ति हुई । इसी बीच एक गोली सनसनाती आई और मोर्चे पर डटे हुए शमशेर की छाती में धँस गई । ऐसा अपेक्षित तो नहीं था लेकिन संभव तो था। तत्काल उसको फर्स्ट एड किया गया और हेलीकॉप्टर के लिए संदेश भेज दिया । हेलीकाप्टर आता तब तक शमशेर के प्राण निकल गये । वह शहीद हो गया ।

शमशेर राजस्थान के रूणिजा कस्बे के बासोरा गाँव का रहने वाला था । उसके पिता एक साधारण कृषक थे । जमीन थोड़ी ही थी, उसी से अपने परिवार का पालन करते थे । शमशेर उनका इकलौता बेटा था । उससे बड़ी एक बेटी भी थी, जिसका विवाह हो चुका था । शमशेर बचपन से ही पढ़ने-लिखने में होशियार था । सभी कक्षायें उसने अच्छे नम्बरों से पास की थी । राष्ट्रभक्ति के गीत, कहानियां और नाटक देखना, पढ़ना, सुनना उसे बहुत भाते थे । शहीदों की अमर गाथायें, भारत-पाक युद्ध के किस्से

उसे बहुत अच्छे लगते थे, बड़े चाव से वह सुनता था। उसका सोचना था कि बड़ा होकर वह भी फौज में भर्ती होगा, एक सैनिक बनेगा। उसकी यह इच्छा भी पूरी हो गई। उसने लगातार मेहनत करके फौज में नौकरी पा ली। करीब चार साल इधर-उधर की ट्रेनिंग करने के बाद उसे छः माह के लिये जम्मू-काश्मीर की पाकिस्तान बार्डर पर तैनात कर दिया गया। उसे यहाँ आये अभी तीन माह ही हुए थे कि वह शहीद हो गया। उसके पिता का जो खत आया था उसमें उसके रिश्ते को तय करने की भी बात कही गई थी।

राष्ट्रीय ध्वज में लिपटा हुआ शमशेर का शव जब गाँव पहुँचा तो एकदम सन्नाटा छा गया । पूरा गाँव गम में डूब गया। फौजी गाड़ी से उसका ताबूत गाँव लाया गया था । कई बड़े फौजी अधिकारी भी शव के साथ थे । शव को देखकर गाँव वाले रोने लगे । सबकी आँखे गीली थी । गाँव के बड़े-बूढ़े कहते सुने गये कि ''हमें मौत क्यों नहीं आई । उस फूल से बच्चे को क्यों ले गई ।'' कोई कह रहा था ''शमशेर तो इस गाँव का शेर था । उसने अपनी शहादत से गाँव का नाम अमर कर दिया । वह अमर है उसने अपनी मातृभूमि के लिये अपने प्राण दे दिये ।''

उसके पार्थिव शरीर को पूरे सैनिक सम्मान के साथ अग्नि को समर्पित कर दिया गया । सारा गाँव शोक में डूबा हुआ था, सब लोग अवने प्रिय लाडले 'शेर' को अन्तिम विदा दे रहे थे । शव के साथ आये वरिष्ठ कमांडर ने शमशेर की सभी वस्तुऐं उसके पिता को सौंप दी। उसमें उसके द्वारा लिखा हुआ वह अधूरा खत भी था जो वह अपने पिता को उस दिन लिख रहा था।

उसके पिता ने अपने कमरे में अपने बेटे शमशेर 'शहीद' की फोटो लगा रखी थी । ठीक उसी के पास ही शमशेर के द्वारा अपने पिता को लिखा वह अधूरा खत भी फ्रेमिंग में लगा रखा था। उस खत में जो लिखा था वह इस प्रकार है–

पूज्यनीय माताजी एवं पिताजी

सादर चरण स्पर्श

मैं यहाँ सकुशल एवं स्वस्थ हूँ। ईश्वर से प्रार्थना करता हूँ कि आप सब भी वहाँ सकुशल एवं स्वस्थ होंगे । आपका पत्र कल ही प्राप्त हुआ । पढ़कर सब हाल मालूम हुये । आपने अपने पत्र में सीमा पर हो रही गोली-बारी के बारे में चिन्ता व्यक्त की है, तो पिताजी यह तो यहाँ रोज ही होती रहती है । इसमें डरने की कोई बात नहीं है और एक वीर सैनिक

कभी किसी से नहीं डरता है। उसकी जान तो देश की अमानत है। आपने जो मुझे शिक्षा दी है, जो संस्कार दिये हैं, मैं तो उन्हीं का पालन कर रहा हूँ। मैं आपको विश्वास दिलाता हूँ कि आपका बेटा कभी भी पीठ पर गोली नहीं खायेगा । आपने मुझे यहाँ तक पहुँचाने में के लिये बहुत कष्ट उठाये हैं। आपके त्याग और परिश्रम से ही आज मैं देश की सेवा के योग्य बन पाया । मैं आपकी सेवा करना चाहता हूँ लेकिन नौकरी के कारण संभव नहीं हो रहा है । आपने विवाह का भी उल्लेख किया है तो विवाह के उपरान्त आपकी बहू आपके पास ही रहेगी और आपकी सेवा करेगी । यह वादा मैं विवाह पूर्व ही ले लूँगा। मेरा जी चाहता है कि मैं आप लोगों की सेवा जीवन भर करता रहूँ। आपको और माँ को पोते की बड़ी चाह है, ईश्वर ने चाहा तो वह भी आपकी इच्छा पूरी हो ही जायेगी। माँ और पत्नी ....

यह पत्र उसके पिताजी बार–बार पढ़ते और उनकी आँखों से आंसू टपकने लगते । फिर नजर उठा के अपने बेटे शमशेर की तस्वीर की ओर देखते मानो वह कुछ कह रहा है ।

सहारा

छुक-छुक करती रेल अपनी गति से गंतव्य की ओर तेजी से दौड़ रही थी । उस में सवार अन्य यात्रियों में राम प्रसाद भी था जो अपनी सोच में पीछे भाग रहा था । उसे वह समय याद आ रहा था जब वह पाँच वर्ष पहले उसने अपने एकमात्र बेटे धीरज का विवाह बड़ी धूमधाम से किया था । इस विवाह में उसने अपनी सारी जमा पूँजी लगा दी थी । माता-पिता ने विवाह में अपने सारे अरमान पूरे किये ।

विवाह के एक साल तक तो सब कुछ ठीक चलता रहा। उसके बाद बहू ने अपना रंग बदलना शुरू कर दिया। राम प्रसाद और उसकी पत्नी शारदा सबकुछ इसलिए सहते रहे कि उनका एक ही तो बेटा है उसे छोड़कर अब वे कहाँ जायेंगे। इसलिए उन्होंने अपनी जबान बंद ही रखी। शारदा को बहू का व्यवहार बहुत पीड़ा देता था। वह मन ही मन कुढ़ती रहती। इससे उसका स्वास्थ्य खराब रहने लगा। इस घुटन के कारण एक वर्ष बाद ही उसका देहान्त हो गया। अब वह सब सहने के लिये राम प्रसाद अकेला रह गया। अब वह बहुत निराश और उदास रहने लगा। उम्र के इस पड़ाव पर उसे पत्नी शारदा का अभाव बहुत खलता था। कहा भी जाता है कि पत्नी की आवश्यकता जवानी से कहीं ज्यादा बुढ़ापे में होती है।

समय बिताने के लिये वह बेवजह ही शहर की सड़कों पर घूमता रहता था । रिटायर और बुजुर्ग लोग मिल जाते तो समय कट जाता । नहीं तो किसी एकान्त में मन्दिर या बगीचे में समय व्यतीत करता। जाये तो कहाँ जाये ? उसे तो अब बेटे के पास ही रहना है तो जैसा चाहे उसे रखे । धीरे-धीरे बहू और बेटे का व्यवहार और भी कटु होता चला गया । समय बेसमय खाना देते वो भी चाहे जैसा । बूढ़े दाँतों से कड़क और बासी खाना खाते नहीं बनता था । रूखी-सूखी रोटी, कच्ची-पक्की सब्जी चबाकर जैसे-तैसे पेट की आग बुझाता। बात-बात पर पति-पत्नी झिड़क देते, डांट देते, फटकार देते। राम प्रसाद मन मसोसकर सब सहन करता। अब यही सबकुछ उसकी नियति बन गई थी। धीरे-धीरे वह शरीर से कमजोर होता जा रहा था। उसकी याद्दाश्त भी कभी-कभी साथ नहीं देती थी। अब उसके दर्द में शामिल होने वाला कौन था?

आफिस की छुट्टी का दिन था। दिन के कोई ग्यारह बारह बजे होंगे,

धीरज उस दिन घर पर ही था । राम प्रसाद को बहुत भूख लग रही थी । रोज तो वह दस-ग्यारह बजे तक खाना खा लेता था । लेकिन आज बारह बज चुके थे और खाना नहीं मिला। भूख लगना स्वाभाविक था, जब भूख सहन नहीं हुई तो उसने बहू से कुछ खाने को माँगा। एक बार तो बहू ने उसकी बात अनसुनी कर दी । वह अपना काम करती रही । उस दिन बहू और धीरज को कहीं भोजन करने जाना था। इसलिये उसने खाने का कुछ नहीं पकाया। जब पहली बार उसकी बात का असर न हुआ तो कुछ देर बाद पुनः उसने हिम्मत जुटाकर कहा, ''बेटा, मुझे कुछ खाने को दे दो। जोर की भूख लग रही है।''

राम प्रसाद का बस इतना कहना था कि बहू तुनक कर बोली, ''पेट में ऐसी कौन सी आग लगी है कि नहीं खाओगे तो मर जाओगे? जरा भी सबूरी नहीं रखी जाती। मरते भी तो नहीं, ये तो मेरी जान लेकर ही रहेंगे।''

''क्या हुआ? क्यों चिल्ला रहे हो? धीरज ने आकर पूछा।''

''रो रही हूँ अपनी किस्मत को। मरते भी नहीं। पूछो अपने बाप से। बुढ़ऊ को कितना ही खिलाओ पेट ही नहीं भरता। इस बुढ़ापे में इतना क्या खाना? आज खाना नहीं बनाया है और ये खाना माँगते हैं।'' चिढ़ते हुए बहू ने कहा।

धीरज जानता था कि आज भोजन करने बाहर जाना है इसलिये खाना नहीं बनेगा। निमंत्रण है, वहीं खाना है।

''रात का बासी बचा हो तो दे दो।'' धीरज ने धीरे से कहा।

''नहीं है। कुछ भी नहीं है।'' बहू ने झटक दिया।

धीरज ने चूल्हे पर निगाह डालते हुए कहा, ''ये क्या पक रहा है?''

''पानी गरम हो रहा है'' जवाब मिला।

थोड़ी देर चुप्पी रही। सब अपने अपने काम में लग गये। कुछ देर तक राम प्रसाद अपनी भूख को दबाकर अपनी खोली में पड़ा रहा। पर पेट की आग और बढ़ गई। वह बाहर आया और उसने फिर खाना माँगा। अब तो धीरज का धीरज समाप्त हो गया। वह बहुत क्रोध से राम प्रसाद की ओर झपटा और उसको घसीटता हुआ चूल्हे तक ले आया। जोर का धक्का देकर कहा, ''लो खा लो। थोड़ी सी भी भूख सहन नहीं होती।''

चूल्हा जल रहा था, कोयले जग-जगा रहे थे, राम प्रसाद अपना

संतुलन नहीं रख पाया और चूल्हे पर गिर पड़ा । ये तो अच्छा हुआ कि उसने अपने हाथ अंगारों पर टिका दिये वरना पूरा जल जाता । इस घटना से उसके केवल हाथ जले, पर बुरी तरह जल गये। उसका हृदय चीत्कार उठा, ''वाह रे! बेटा वाह! ये तूने अच्छा किया अपने बाप के साथ।'' कहते हुए वह जैसे-तैसे उठा और कराहता हुआ हाथों को दर्द से झकझोड़ता हुआ, आँखों में आँसू भरकर अपनी पीड़ा दबाते हुए अपनी खोली में जा पड़ा।

थोड़ी देर तक आप ही आप रोता रहा, हाय-हाय करता रहा, लेकिन उसके जले हुए हाथों की जलन बढ़ती ही जा रही थी । इस बूढ़े पर किसी को भी दया नहीं आई । उठकर उसी ने उन जलते हुए हाथों पर कुछ लेप लगाया और रोता, गिरता-पड़ता घर से बाहर निकल गया। रोता हुआ हाथों की जलन सहन करता रेलवे स्टेशन पहुँचा और जो भी गाड़ी सामने खड़ी दिखाई दी उसमें जा बैठा । उसका मन रो रहा था और अपने आपसे पूछ रहा था कि क्या लोग अपने बेटों को इसी दिन के लिये पालते हैं? वह कहाँ जा रहा है? क्या करेगा? इसका उसे कुछ पता नहीं वह तो बस अपने आपको समाप्त करने का इरादा लिये चल पड़ा था।

वह जिस कम्पार्टमेन्ट में बैठा था उसमें बहुत कम लोग बैठे थे। लोग बैठते-उतरते जा रहे थे। लेकिन इन बातों की ओर उसका कोई ध्यान न था, वह तो दर्द से तड़प रहा था। थोड़ी दूरी पर बैठा एक मुसाफिर उसकी ओर बड़े ध्यान से देख रहा था, क्योंकि राम प्रसाद के दोनों हाथों में कपड़ा लिपटा हुआ और दर्द की शिकन उसके चेहरे पर साफ दिखाई दे रही थी।

''बाबा आप कहाँ जाओगे? उस मुसाफिर ने पूछा।
पीड़ा से एक स्वर उभरा ''जहाँ ईश्वर ले जायें।'' दर्द से हताश राम प्रसाद बोला।

राम प्रसाद के हाथों में अब इनफेक्शन बढ़ता जा रहा था । इन सबसे बेखबर वह अपनी अनचाही मंजिल की ओर चला जा रहा था। लेकिन उसके हाथों के घाव खराब हो रहे थे चमड़ी निकल रही थी। यूँ भी वह मरना चाहता था।

कुछ घन्टों बाद जब एक स्टेशन पर ट्रेन रूकी। कोई छोटा स्टेशन ही था वहाँ प्रकाश बहुत कम था। कोलाहल भी नाममात्र का था। वह वहाँ उतर गया। अनजान जगह। जाये तो कहाँ जाये। वह उसी स्टेशन के प्लेटफार्म पर कराहता लेटा रहा सुबह के इन्तजार में। सुबह नित्यकर्म से निवृत हो वह स्टेशन

से बाहर निकल चल पड़ा ठिकाने की तलाश में उस अनजाने शहर में। जब कोई सहारा न मिला तो भगवान की शरण लेने एक मन्दिर जा पहुँचा। उस मन्दिर में सुबह बहुत लोग दर्शन करने आते थे। मन्दिर के बाहर कुछ भिखारी भी बैठे थे। हाथ फैलाकर भीख माँगते तो सभी को कुछ न कुछ मिल ही जाता था।

राम प्रसाद भूखा जरूर था पर भीख माँगना नहीं चाहता था । वह भी मन्दिर की सीढ़ियों पर बैठ गया और आने-जाने वालों को देखता रहा । इससे उसका दर्द कम महसूस होता था । दर्शन करने वाले लोग भिखारियों को कुछ प्रसादी दे देते थे उससे उनके पेट में कुछ पड़ जाता। उसे भी प्रसादी मिली जिससे उसका पेट थोड़ा सा भर गया। मन्दिर के पट बन्द हो जाने पर वह शहर में चला गया । एक खैराती अस्पताल देखा तो वहाँ के डाक्टर को अपना हाथ बताया हाथ ज्यादा जल गये थे तो भी डाक्टर ने उसे सांत्वना दी और उसका इलाज शुरू किया। कुछ दवाई और लेप दे दिये। कुछ ही दिनों में उसके हाथ ठीक होने लगे। वह रोज उसी मन्दिर पर आ बैठता तो उसका पेट भर जाता। थोड़ा ठीक होने पर अब वह मन्दिर में भजन करने लगा । जो कुछ मन्दिर से मिल जाता वह उसके लिये पर्याप्त था । कुछ माह में ही उसके हाथ अच्छे हो गये। इसी तरह भजन और भोजन में उसके दिन कटने लगे ।

एक सेठ उस मन्दिर में रोज आता था और गरीबों को कुछ न कुछ दान करता था। राम प्रसाद को वह कई दिनों से शान्त और चुपचाप बैठा देखता था।

एक दिन उसने राम प्रसाद से पूछ ही लिया, ''बाबा, आप भीख दान क्यों नहीं लेते?''

''सेठ जी मैं भिखारी नहीं हूँ, मुसीबत का मारा हूँ, बस आपकी कृपा बनी रहे।'' राम प्रसाद ने बड़ी नम्रता से जवाब दिया।

अब तो सेठ जी कभी-कभी उससे बात भी करते थे। सेठ जी ने राम प्रसाद के मन में गहरे उतरकर उसके दर्द को भाँप गये थे। उसने उससे कहा, ''बाबा, मेरे घर एक बगीचा है, उसकी देखभाल नहीं होती है। क्या तुम उसकी देखभाल करोगे। चौकीदारी भी होती रहेगी।'' राम प्रसाद ने हाँ कह दी।

अब राम प्रसाद सेठ का बगीचा देखता और सब काम के लिये तैयार रहता। बदले में उसे कपड़े, खर्च और चाय, नाश्ता और रोटी मिल जाती। वह

सम्मान का जीवन था।

दीपावली के दिन सेठ उसके लिये नये कपड़े लाये और देते हुए पूछा, ''बाबा, भगवान न करे यदि आपको कुछ हो जाय तो हम किसे संदेश देंगे, कोई नाम पता बताओ ।''

राम प्रसाद ने दृढ़तापूर्वक उत्तर दिया, ''सेठ जी। मेरा इस दुनिया में कोई नहीं है, जो कुछ है बस आप लोग ही हैं, जैसे भी हो ठिकाने लगा देना, मैं तर जाऊँगा, मेरी मुक्ती हो जायेगी। बाकी संसार तो झूठा है।'' कहते हुये उसकी आँखें भर आई।

जेठानी

मधु जोर-जोर से दहाड़ मार-मार कर रो रही थी। महिलाऐं बार-बार उसे सम्भालती लेकिन वह थी कि रोये ही जा रही थी। उसकी जेठानी रजनी का देहान्त जो हो गया था। जेठ जी चुपचाप और गुमशुम शोक में डूबे हुए एक तरफ बैठे थे। बड़ी मुश्किल से मधु को रजनी के शव से अलग किया गया था। अब उसकी अर्थी उठने ही वाली थी। इस समय रचना की उम्र कोई ज्यादा नहीं थी, यही कोई चालीस-पैंतालीस की रही होगी। वह निःसंतान थी ।

देवरानी मधु जब इस घर में ब्याह कर आई थी तो रचना ने ही उसका स्वागत किया था। मधु का पति राघवेन्द्र और रचना का पति धर्मेन्द्र दोनों भाई थे । धर्मेन्द्र बड़ा और राघवेन्द्र छोटा था । रचना को इस घर में आये कई वर्ष हो गये थे । वह एक सम्पन्न परिवार की बेटी थी । धर्मेंन्द्र भी किसी ऊँचे पद पर नौकरी करता था। उसे रूपये-पैसों की कोई कमी नहीं थी, कमी थी तो बस एक सन्तान की। सन्तान प्राप्त करने के लिए उसने कई देवी-देवताओं, डाक्टरों, साधु-संतों, डोरा-ताबीजों, यज्ञ-हवन और मन्नतों का सहारा भी लिया लेकिन सब व्यर्थ। उसकी गोद नहीं भरती थी तो नहीं भर सकी । उसने भी ईश्वर की इच्छ को स्वीकार कर लिया। रचना का स्वभाव कठोर एवं घमण्डी था। वह छोटी-छोटी बातों पर भी नाक चढ़ा लेती थी और ताने मारती थी। सास-ससुर भी घर में रहते थे परन्तु उनसे उसका कोई लेना-देना नहीं रहता था। घर के कामों के लिये उसने नौकर रख दिये थे, वे ही सब काम कर लेते थे। रचना तो अधिकांश बाहर ही रहती थी और ज्यादातर खाना भी बाहर ही खा लेती थी। उसे अच्छा खाना और अच्छा पहनना, ऊँची सोसायटी में रहना, पार्टियों में जाना बस यही अच्छा लगता था।

मधु एक गरीब घर की लड़की थी। उसका पति क्लर्क था। वह अपनी मामूली सी तनख्वाह में अपना घर चला लेता था और माता-पिता का भी ध्यान रखता था। जब मधु इस घर में आ गई तो रचना ने नौकरों की छुट्टी कर दी। इसलिये घर के सारे काम का बोझ मधु पर आ पड़ा। इतना सब करने पर भी रचना मधु से जली-कटी बातें करती और ताने मारती । इन सब बातों का मधु जरा भी बुरा नहीं मानती थी। सबकुछ सहन करके मधु प्रसन्न रहती

थी। कुछ समय बाद मधु ने एक बच्चे को जन्म दिया। इससे रचना के मन में ईर्ष्या हो गई। घर में एक छोटा बालक था लेकिन रचना न उसे बुलाती न ही खिलाती । मधु का हमेशा घर के काम करना, न कहीं खुली हवा में घूमने जाना, न ही आराम करना होता था जिससे उसकी तबीयत खराब रहने लगी । लापरवाही से रोग बढ़ता गया। तब डाक्टरी जांच करवाई गई । कई टेस्ट भी हुए। रिपोर्ट में एक किडनी खराब पाई गई। डॉक्टर ने किडनी बदलवाने या एक किडनी से जीवन जीने के लिये कहा। एक किडनी से खतरा तो है ही। यदि दूसरी किडनी लगवाई जाये तो किडनी कौन देगा । राघवेन्द्र किडनी देता तो उसकी भी जान का खतरा था । यदि उसे कुछ हो जाय तो मधु और बच्चे का क्या होगा ? राघवेन्द्र ने अपनी एक किडनी देनी चाही तो टेस्ट में मैच नहीं हो सकी। अब कौन किडनी देगा ? देगा भी तो करीब ५.६ लाख रूपये चाहिये। वह करे तो क्या करे ? इसी ऊहा-पोह में कुछ और समय निकल गया ।

रचना को भी मधु की किडनी खराब होने की खबर लग चुकी थी। लेकिन उसने कोई प्रतिक्रिया व्यक्त नहीं की। एक दिन वह समाचार पत्र पढ़ रही थी तो उसमें एक विज्ञापन पढ़ा। किसी की किडनी खराब होने से, किडनी निकाल कर दूसरी किडनी लगाना थी, ताकि उसका जीवन बच सके। किडनी देने वाले को छः लाख का ऑफर था। उस रात रचना को न जाने क्या-क्या विचार आते रहे कि वह रात भर ठीक से सो नहीं सकी। उसके मन में यह विचार कहीं से, ईश्वर की प्रेरणा से आया कि तू तो निःसंतान है ही तेरा जीवन आज नहीं तो कल समाप्त हो जायेगा। तू इस वंश को आगे बढ़ाने में असमर्थ है, इसलिये मधु को एक किडनी दान करके उसका जीवन बचा ले। एक किडनी के सहारे जितना जीवन जी सके जी लेना। इससे तेरा जीवन धन्य हो जायेगा। सुबह उठी तो बहुत बैचेन थी। वह अपने डॉक्टर के पास गई और उन्हें अपनी इच्छा बतलाई। साथ यह भी कह दिया कि यह बात मेरे पति और किसी अन्य को भी मालूम न हो। डॉक्टर ने उसकी किडनी की जांच की और मधु की किडनी से मैच की तो सब चीजें ठीक पाई गई। ''अब आप किडनी दे सकती हैं'' डॉक्टर ने सहमति दे दी।

एक दिन बातों ही बातों में रचना ने अपने पति को भी इसका इशारा कर दिया कि क्यों न वह उसकी एक किडनी मधु को दे दे ताकि उसका जीवन

भी सुरक्षित हो जाये और मैं भी एक किडनी पर जीवन जीती रहूँगी। धर्मेन्द्र ने अपनी पत्नी की बात सुनी तो उसे समझाया कि ऐसे मेरा जीवन निरर्थक हो जायेगा। बड़ी बहस के बाद उसने आखिर धर्मेन्द्र को इसके लिये तैयार कर लिया और उसने सहमति दे दी। अब यह बात केवल दोनों ही जानते थे।

एक दिन राघवेन्द्र को डॉक्टर का फोन आया कि, ''एक दाता अपनी एक किडनी मधु को देने के लिये तैयार है। पैसे भी नहीं देना है मैंने किडनी की जांच कर ली है और मधु की किडनी से सब मैच हो रही है। आप जब चाहो प्रत्यारोपण किया जा सकता है।''

राघवेन्द्र सकते में आ गया। ऐसा कौन व्यक्ति है जो देवता बनकर मधु को अपनी किडनी दे रहा है, वह भी बगैर रूपयों के। मधु को जब यह बात बताई तो उसे विश्वास ही नहीं हुआ कि कोई बिना पैसे के उसे अपनी किडनी कैसे दे सकता है? दोनों ने किडनी लेने का निश्चय कर लिया। ऑपरेशन का दिन निश्चित हुआ और किडनी प्रत्यारोपण कर दी गई। एक वार्ड के कमरे में मधु थी और अन्य दूसरे कमरे में रचना थी। दोनों ही एक ही अस्पताल में थी लेकिन कोई नहीं जानता था कि यह किडनी रचना ने ही दी है। कुछ दिनों बाद मधु की छुट्टी कर दी गई। वह घर आकर आराम करने लगी। रचना की भी छुट्टी कर दी गई और वह अपनी माँ के घर आराम करने लगी। मधु और राघवेन्द्र ने बहुत प्रयास किया कि वे उस देवता स्वरूप व्यक्ति के दर्शन कर लें और उसे कुछ भी न दे सके परन्तु धन्यवाद अवश्य दे दे। लेकिन डॉक्टर बार–बार बात को टाल देता था।

मधु और राघवेन्द्र को यह देखकर बड़ा आश्चर्य हुआ कि मधु इतने दिनों तक अस्पताल में भर्ती रही परन्तु न तो भैया देखने आये न ही भाभी । इतने भी कठोर और निर्दयी भी नहीं होना चाहिये। उनके प्रति उसका मन बहुत दुःख से भर गया। अस्पताल में न भी आये, परन्तु अब तो वे घर पर भी नहीं दिखाई दे रहे हैं। हो सकता है वे हमसे मिलना हीं नहीं चाहते हों। कुछ दिनों बाद रचना भी स्वस्थ होकर घर लौट आई। अब वह बाहर कम ही जाती थी। ज्यादातर अपने कमरे में ही रहती। मधु से अच्छा प्रेम का व्यवहार करती। बच्चे को भी खिलाती उसके इस बदले व्यवहार से सभी चकित थे।

करीब दो वर्षों तक ठीक चलता रहा। एक दिन रचना का स्वास्थ्य खराब हो गया । जांच में किडनी इन्फेक्शन पाया गया । इलाज किया गया

लेकिन डॉक्टर उसे बचा नहीं सके । धर्मेन्द्र सकते में आ गया । वह शोक, आघात, से हताश और निराश हो गया। उसका जीवन साथी उसे इस हाल में छोड़कर कैसे जा सकता है ? मधु और राघवेन्द्र भी अस्पताल में ही थे । वे डॉक्टर से जानना चाहते थे कि रचना भाभी को ऐसा क्या हो गया कि उनकी मृत्यु ही हो गई ।

डॉक्टर ने अब उन्हें बताया कि रचना एक ही किडनी पर जीवित थी । क्योंकि उसने ही अपनी एक किडनी मधु को प्रत्यारोपण हेतु दी थी । जिससे मधु आज जिन्दा है । रचना की किडनी में इन्फेक्शन हो जाने से उसकी मृत्यु हो गई । वह महान थी जिसने इतना बड़ा बलिदान दिया। जब राघवेन्द्र और मधु को यह मालूम हुआ तो वे फूट-फूट कर रोने लगे । उन्होंने उसे क्या समझा था और वह क्या निकली। वह तो देवी थी देवी । पर हम उस देवी से क्षमा भी नहीं माँग सके और उसके द्वारा किये गये अहसान के लिये धन्यवाद भी नहीं दे सके जिसने मेरे जीवन की खातिर अपने जीवन का बलिदान दे किया । इसी कारण मधु उसके लिये जोर-जोर से रो रही थी । रचना ने तो अपना जीवन दूसरों को देकर उसे सार्थक बना दिया ।

कटी हुई पतंग

घर के सामने जब रिक्शा रूका तो काम करते-करते निर्मला का ध्यान उस ओर चला गया। देखा तो उसमें से उसकी बेटी दीप्ति उतर रही थी । उसी ने रिक्शा वाले को किराया दिया । जब रिक्शा चला गया तो देखा दीप्ति अकेली ही थी । उसका पति दीपक साथ में नहीं था। माँ को आश्चर्य हुआ । क्योंकि इससे पहले ऐसा कभी नहीं हुआ कि दीप्ति अकेली आई हो और दीपक साथ न आया हो । दीप्ति के साथ में एक भारी अटैची थी उसको उठाते हुए उसने माँ के घर में प्रवेश किया। उस समय घर पर माँ निर्मला अकेली ही थी। उसने दीप्ति का प्यार से स्वागत किया और सिर पर हाथ रख आशीष भी दी।

“बेटा सब कुशल तो है ।” माँ ने दीप्ति की ओर शंकित नजर से देखकर पूछा ।

नीची नजरें किये ही दीप्ति ने कहा, “हाँ माँ सब ठीक है।” कहकर उसने इधर-उधर देखकर नजरें चुरा ली ।

माँ ने दीप्ति के चेहरे की ओर आँखों के भावों की तह लेते हुए पूछा, “दीपक नहीं आया, वह भी साथ ही आ जाता।”

दीप्ति ने अटैची को एक जगह रखते हुए कहा, “उन्हें जरूरी काम था इसलिए नहीं आये, बाद में आयेंगे।”

माँ ने उसके आने का कोई कारण नहीं पूछा और पूछा भी नहीं जा सकता था। वह भी इसी घर की बेटी है। माँ कुछ सोचती हुई चाय बनाने चली गई ।

दीप्ति को यहाँ आये जब कुछ दिन बीत गये और दीपक का कोई फोन भी नहीं आया, ना ही दीप्ति ने ही कोई फोन दीपक को किया तो माँ का माथा ठनका। क्योंकि दीप्ति दिन भर पलंग पर पड़ी रहती, इधर-उधर की किताबों में मन लगाती लेकिन मन कहीं भी नहीं लगता । न सजना-संवरना न कहीं आना-जाना। बस पलंग पर पड़े रहना। कभी-कभी अनमने मन से टी.वी. देखती रहती। अब तो माता-पिता को उसकी क्रियाओं ने सोचने के लिये विवश कर दिया था। ऐसी क्या बात हो गई कि दीप्ति अपने पति का घर छोड़कर आ गई। जब कभी माँ इस सम्बन्ध में बात करती तो दीप्ति बात बदल देती ।

एक दिन उसके पापा कहीं गये हुए थे और माँ अकेली थी तो वह दीप्ति के पास आ बैठी । काम करते-करते माँ ने दीपक से दूरी बनाये

रखने का कारण पूछा । तो दीप्ति की आँखें भर आई। अपने आँसुओं को साड़ी के पल्लू से पोंछते हुए उसने माँ को बताया, ''माँ तुमको क्या बताऊँ, यह बात बताते हुये मुझे शर्म आती है कि दीपक के संबंध दूसरी औरत से हैं। मैंने उन्हें कई बार और हर तरह से समझाया, हर तरह कोशिश की, झगड़ा भी किया लेकिन वे नहीं मानते। पति-पत्नी का रिश्ता तो आपसी विश्वास और पवित्रता पर ही टिका रहता है । लेकिन वह माने तब ना। मैंने सभी कोशिशें कर ली । ये बात मैं किसी को बता भी तो नहीं सकती। इसलिये मैंने तय कर लिया कि ऐसे पति से तो मैं ऐसे ही भली। अब मैंने अलग अकेली ही रहने का निर्णय कर लिया है। ऐसे झूठे और धोखेबाज के साथ मुझे अब नहीं रहना। इसीलिये माँ अब मैंने तलाक लेने का निर्णय कर लिया है। मैं कहीं भी नौकरी कर लूँगी। आप पर भी बोझ नहीं बनूँगी।''

माँ ने उसके सिर पर हाथ रखते हुए कहा, ''ना-ना बेटी क्या अपनी बेटी भी माँ-बाप पर बोझ होती है । तू आराम से जब तक तेरा जी चाहे रह, यह भी तेरा ही घर है । हो सकता हैं कि कुछ दिनों में उसकी अकल ठिकाने आ जाय और वह तुम्हें माफी माँग कर ले जाय । तू जब तक चाहे रह मैं कुछ न कहूँगी ।''

बेटी की बातें सुनकर निर्मला का मन बहुत आहत हुआ । एक माँ अपनी बेटी का घर उजड़ते हुए कैसे देख सकती थी । उसने कुछ सोचकर कहा, ''बेटी तेरा लम्बा जीवन पडा है जो भी फैसला ले सोच-समझकर ही लेना ताकि बाद में पछताना न पड़े।''

कुछ दिन और बीत गये । दीप्ति को आशा थी कि दीपक जब अकेलापन महसूस करेगा तो उसकी याद उसे अवश्य आयेगी और वह फोन करेगा। लेकिन ऐसा कुछ नहीं हुआ और दीपक का फोन नहीं आया तो वह घायल नागिन सी क्रोधित हो गई। उसे लगा कि मेरा शक सही है । इसीलिये बात और बढ़ गई। माँ को भी बहुत दुःख हुआ ।

एक दिन माँ बेटी दोनों ही कमरे में बैठी थी। दीप्ति एक कागज पर टेढ़े-मेढ़े चित्र बनाती और काट देती थी। माँ ने उसकी मानसिक स्थिति को भाँप लिया और समझाया, ''बेटी, यह सच है कि औरत का जीवन पुरूष के सहारे के बिना नहीं चल सकता। किसी न किसी रूप में उसको पुरूष का सहारा चाहिये। पति से ही पत्नी का मान सम्मान रहता है। पुरूष के बिना

नारी असहाय और अकेली है। यूँ तो वह अकेली भी रह सकती है लेकिन असुरक्षित । समाज में उसकी प्रतिष्ठा और सम्मान एक पुरुष के माध्यम से ही प्राप्त हो सकता है और तुम देख ही रही हो कि आये दिन अखबारों, न्यूज चैनलों पर कितने और कैसे-कैसे काण्ड हो रहे हैं ऐसे में क्या महिलायें सुरक्षित हैं ? पुरुष के बिना एक अकेली स्त्री कटी हुई पतंग के समान है जो अपनी डोर से कटकर अलग हो जाती है, और यहाँ-वहाँ गोते लग. ती रहती है । उसको बिना डोर से बंधी हुई जानकर लोग उसके पीछे, उसको पकड़ने के लिये दौड़ते हैं । हर कोई चाहता है कि पतंग उसके हाथ लग जाये । लेकिन भीड़ के कई हाथ होते हैं उन हाथों में आते-आते वह फट जाती है । उसका अस्तित्व जर्जर हो चुका होता है, उसका महत्व समाप्त हो जाता है ।’’ यह कहते-कहते माँ रूंआसी हो गई । उसने प्यार से दीप्ति की ओर देखा। वह माँ की बात ध्यान से सुन रही थी ।

माँ की बातों ने उसे फिर से सोचने के लिए मजबूर कर दिया । वैसे दीपक एक अच्छा और वफादार पति है । वह भी दीप्ति को बहुत प्यार करता है । उसका स्वभाव भी भोला है लेकिन फिर भी दीप्ति की शंका, ‘‘माँ मैं भी जमाने को जानती हूँ, तुम जो ऊँच-नीच मुझे समझा रही हो वह मुझे सब मालूम है, लेकिन सोचो, क्या मैं उनकी धर्म पत्नी नहीं हूँ? क्या मेरी मर्यादा नहीं हैं? उन्हें मेरी इज्जत का तनिक भी ध्यान होता तो वे ऐसा नहीं करते। पति-पत्नी का रिश्ता तो विश्वास की नींव पर ही टिका रहता है, इसमें अविश्वास और धोखे के लिये कोई स्थान नहीं है। फिर उसने मेरी अनदेखी क्यों की, दूसरी औरत से सम्बन्ध क्यों रखे? मैं तो क्या कोई भी औरत यह बात सहन नहीं कर सकती। मैं तो सम्मान चाहती हूँ बस। इसीलिये मैंने अब तलाक लेने का निर्णय कर लिया है।’’

कुछ दिनों बाद एक महिला दीप्ति की माँ के घर आई। उसने अपना नाम रजनी बताया। दीप्ति ने उसे पहचानने की कोशिश की। उसे याद आया कि यह तो वही महिला है जिसे मैंने दीपक के साथ दवाखाने में देखा था। अब तो उसका चेहरा क्रोध से लाल हो गया।

‘‘आप यहाँ भी आ गईं? क्या आपको मेरा यहाँ रहना भी नहीं भा रहा है। मेरा एक घर तो तुमने छुड़वा ही दिया अब यह माँ का घर भी?’’

‘‘नहीं भाभी नहीं, ऐसा मत कहिये। वहाँ भैय्या आपके बिना

आधे भी नहीं रह गये हैं। शायद आप किसी गलतफहमी का शिकार हो गई हैं । मैं उनकी छोटी बहन रजनी हूँ। हम दोनों की माँ तो अलग-अलग हैं लेकिन पिता एक ही हैं। आप मेरे भैय्या पर शक न करें। वह तो देवता हैं, देवता। वे न होते तो मैं आज जीवित न होती। उन्होंने मेरा पालन-पोषण और पढ़ाई-लिखाई करवायी है, वरना इस दुनिया में मेरा कौन था? अभी जब मैं बहुत बीमार हो गई थी तो भैय्या ने ही इलाज करवाकर मुझे बचाया, वरना मैं तो मर ही जाती। अस्पताल में वे मेरे साथ रहे, मेरा ध्यान रखते रहे, इसीलिये शायद घर पर समय से नहीं पहुँच पाये हों । टाइम-बे-टाइम वे मेरे पास ही रहते थे । इसलिये आपको उन पर शक होने लगा कि वे दुष्चरित्र हैं। भाभी, आपकी कसम मेरे भैय्या ऐसे कदापि नहीं हैं, वे तो पिता समान हैं । समाज के डर से न ही मेरे पिताजी ने किसी को बताया और न ही भैय्या ने आपको ही बताया । मरते समय पिताजी ने भैय्या को ये सब बताया और मेरा उत्तरदायित्व भैय्या पर डाल दिया। उसी वचन को भैय्या ने आपसे छुपाकर निभाते रहे ।'' ये बातें सुनकर दीप्ति आत्मग्लानि से भर गई कि उसने क्यों भाई-बहन के रिश्ते को अपवित्र माना और अपने पति से दूर चली आई ।

उसने तत्काल दीपक को फोन लगाया कि वह आकर उसे जल्दी से जल्दी ले जाये। क्योंकि अब वह कटी पतंग नहीं रहना चाहती थी । वह भी अपनी डोर से बँधकर ऊँचे आकाश में उड़ेगी । दीप्ति दीपक से अपने किये की क्षमा माँगी और दीपक ने उसे रजनी के बारे में न बताने के लिये क्षमा माँगी । दोनों गले से लगकर शिकवे-शिकायत को अपने आँसुओं में बहा रहे थे ।

श्रद्धा

बद्री ने जब सेठ गोपाल दास के चित्र पर फूलमाला पहनाई तो उसकी आँखों से आंसू निकलने लगे। चाहते हुए भी वह अपने आंसुओं को रोक नहीं पा रहा था । बहते आंसुओं में उसे अपना विगत भी बहता हुआ दिखाई दे रहा था । आज से करीब १५ वर्ष पूर्व वह अपनी सौतेली माँ के व्यवहार से दुखी होकर अपने गाँव का घर छोड़कर इस शहर में आ गया था । उसे खुद पता नहीं था कि वह यहाँ क्या करेगा। भूखा-प्यासा यहाँ-वहाँ भटकता रहा। सोच रहा था पेट भरने का साधन हो जाये तो रात तो कहीं भी बिता लेगा । ऐसे ही हालात में सेठ गोपाल दास की नजर उस पर पड़ गई। वे एक ही नजर में भांप गये कि यह लड़का मजबूर है, लेकिन मेहनती और ईमानदार है । उन्हें अपनी नमकीन की दुकान के लिये एक लड़के की आवश्यकता भी थी। उसे यूं उदास और असहाय देखकर पूछा, ''कुछ काम करोगे ?''

अंधा क्या मांगे दो आँखें । बद्री ने सेठ जी की ओर निरीह आँखों से देखा, यह व्यक्ति मेरा मजाक तो नहीं बना रहा है ।

''हाँ, हाँ सेठ जी, मैं काम करूँगा, आप जो भी कहेंगे बिलकुल करूँगा।'' वह जैसे सेठ से भीख माँग रहा हो।

''तुम्हारा नाम क्या है, कहाँ रहते हो?'' सेठ जी ने उसके चेहरे पर नजर गड़ाते हुए पूछा, ''चोरी-वोरी तो नहीं करते हो, शराब या अन्य कोई नशा?''

बद्री ने सेठ जी की ओर हाथ जोड़े और बड़ी ही विनम्रता से बोला, ''सेठ जी, मेरा नाम बद्री है। मैं यहाँ से बहुत दूर मंगवारी गाँव का रहने वाला हूँ। मेरी सौतेली माँ के कारण मुझे मेरा घर छोड़ना पड़ा। पिताजी हैं नहीं। वह बहुत कष्ट देती थी, इसलिये। काम तो मैं वहाँ भी बहुत करता था पर वह ठीक से खाना भी नहीं देती थी। सेठ जी, माँ कसम मैं कोई भी नशा नहीं करता हूँ, बस किसी तरह पेट भर जाये, यही बहुत है। आपकी बड़ी कृपा होगी, आप कुछ काम देवें। रोटी और कपड़ा भर देना और मैं आपसे कुछ नहीं माँगूंगा। आपको कभी भी शिकायत का मौका नहीं होगा।''

सेठ जी उसे अपने साथ ले आये और दुकान पर नमकीन की थैलियां पैक करने और गिनती कर जमाने का काम दे दिया। धीरे-धीरे सेठ जी का

विश्वास बद्री पर जमता गया। सेठ जी उसके काम से, उसकी ईमानदारी और मेहनत से खुश थे। उन्होंने उसे दुकान में ही रात में सोने को कह दिया। बद्री के आने से दुकान की आमदनी भी बढ़ गई। कुछ दिनों बाद सेठ जी ने बद्री की ही बिरादरी की लाडली से उसका विवाह भी करवा दिया। अब वह अलग कमरा लेकर रहने लगा।

सेठ गोपाल दास के दो बेटे थे । एक बेटा तो पढ़-लिख कर बाहर किसी कम्पनी में बड़े पद पर था । दूसरा बेटा देवेन्द्र इनके पास ही रहता था । पत्नी थी नहीं, इसलिये देवेन्द्र बहुत ही लापरवाह हो गया । वह नमकीन की दुकान पर तो कभी ही आता । उसे इस व्यवसाय की बिलकुल रूचि नहीं थी । वह प्रापर्टी का काम करता था । उसे अच्छे-अच्छे कपड़े पहनने और घूमने खाने का बहुत शौक था ।

एक दिन सेठ गोपाल दास का हृदयाघात से निधन हो गया । उनके देहान्त से बद्री को बहुत आघात लगा क्योंकि सेठ जी उसके पिता समान थे । उन्हीं की कृपा से, प्यार और स्नेह से ही वह आज अच्छी स्थिति में है । अब वह अनाथ हो गया। वह बहुत रोया और रोता ही रहा। वैसे दुकान की जिम्मेदारी अब बेटे देवेन्द्र पर आ पड़ी थी । लेकिन उसे इस दुकानदारी में कोई रूचि नहीं थी न ही अनुभव। बद्री जानता था कि देवेन्द्र भैय्या तो दुकान रखेंगे नहीं इसलिये दुकान टूटना निश्चित ही था ।

सेठ जी के देहान्त को कुछ दिन हो गये। उनके सभी कार्यक्रम निपट गये और देवेन्द्र ने भी अपना रूख स्पष्ट नहीं किया तो बद्री ने देवेन्द्र से पूछ ही लिया, ''भैय्या, दुकान फिर से शुरू करना है या नहीं। आप जैसा बतायें वैसा हम करें ।''

देवेन्द्र ने बड़े धीरज से बद्री को बताया, ''देखो बद्री मेरा तो विचार दुकान का नहीं है, फिर भी कुछ सोचकर ही बताऊँगा ।''
बद्री ने देवेन्द्र से स्पष्ट करते हुए कहा, ''यदि आपका कुछ पक्का हो जाये तो ठीक है नहीं तो सब मजदूरों का हिसाब करना है।'' इतना कहना था कि देवेन्द्र थोड़ा गुस्सा हो गया, ''तुम ऐसी बकवास बन्द करो। मैं जब तक आप लोगों से न कहूँ तुम लोग कहीं नहीं जाओंगे, समझे ।''

देवेन्द्र ने आत्मीयता से कही बात मान ली और चुप रहा ।

कुछ दिनों बाद देवेन्द्र ने दुकान का पुराना फर्नीचर हटवा दिया ।

दुकान में भरा हुआ सब माल बेच दिया। दुकान पर लगा साईन बोर्ड भी हटवा दिया । दुकान की रंगाई-पुताई भी नये सिरे से होने लगी। दुकान का पुनः डेकोरेशन होने लगा। परिचित पूछते तो देवेन्द्र बता देता कि वह यहाँ रेडीमेड कपड़े की दुकान शुरू करेगा। अब तो बद्री को विश्वास हो चला कि वह अब बेकार ही हो गया है, उसे अन्य जगह काम की तलाश करनी चाहिये। वह ठहरा नमकीन का मास्टर और यहाँ तो रेडीमेड की दुकान रहेगी तो भला मेरा क्या काम। एक बार हिम्मत करके उसने फिर देवेन्द्र से पूछा तो फिर वही जवाब, ''थोड़ा और ठहरो, फिर चले जाना।''

तीन-चार दिनों बाद बद्री ने देखा कि रंगी-पुती दुकान में नया फर्नीचर आ गया और सजने लगा। नया काउन्टर और एक बड़ा सा साईन बोर्ड भी आ गया। पर यह क्या, उस बड़े साईन बोर्ड पर 'सेठ गोपाल दास नमकीन भण्डार' लिखा देखकर बद्री के होश उड़ गये। उसकी प्रसन्नता का ठिकाना न रहा। उसको यह उम्मीद कदापि नहीं थी कि देवेन्द्र भैय्या फिर से नमकीन की दुकान चलायेंगे। देवेन्द्र ने अपने पिता का मान रखा और उनकी दुकान एवं विश्वसनीय मजदूरों का भी मान रखा। बद्री को अब समझ में आ रहा था कि देवेन्द्र भैय्या उन्हें क्यों नहीं जाने दे रहे थे।

देवेन्द्र ने बद्री को बुलाया और कहा, ''बद्री भाई, आप अपनी दुकान के पुराने कारीगरों को फिर से काम पर बुला लो। पापा के समय जैसा नमकीन बनता था उससे भी अच्छा बनाकर पापा की दुकान का नाम करो।''

बद्री ने अपने पुराने कारीगरों और नौकरों को वापस काम पर बुला लिया। दुकान की ओपनिंग का दिन निश्चित हुआ। दुकान अच्छी तरह सजाई गई। काउन्टर के ठीक ऊपर दीवार पर सेठ जी की बड़ी तस्वीर लगाई गई। सब लोगों की उपस्थिति में देवेन्द्र ने बद्री को बुलाया, ''बद्री भाई, आप पिताजी के विश्वसनीय एवं बेटे जैसे हो आप ही उनकी तस्वीर पर फूल माला पहनाओ।''

देवेन्द्र के इस निर्णय से बद्री भौचक्का रह गया।

''नहीं, नहीं भैय्या, यह तो आपका ही अधिकार है, यह काम तो आपको ही करना है ।''

देवेन्द्र नहीं माना और माला देकर उसे आगे धकेल दिया। बद्री ने सेठ जी की तस्वीर की ओर देखा और उसकी आँखों से आंसू टपकने लग

गये। माला पहनाने के पश्चात देवेन्द्र ने सबकी उपस्थिति में काउन्टर पर बद्री को बैठा दिया और हिदायद दी कि यह सेठ जी की दुकान है, यह समझ कर ही इसे चलाओ। कारीगरों और ग्राहकों से अच्छा व्यवहार रखो। यह सेठ जी की अमानत है। मैं दुकान में कुछ नहीं देखूँगा। सेठ जी की आत्मा को शान्ति मिले इसलिये ही यह जिम्मेदारी तुम्हें सौंप रहा हूँ।

बद्री ने तस्वीर की ओर देखा, मानो वह सेठ जी से इजाजत माँग रहा हो।

चार-चोर

चार चोर थे। वे सभी मिलकर चोरी करते थे। जो भी चोरी का माल आता था आपस में बराबर बाँट लेते थे और मौज उड़ाते । एक बार माल के बंटवारे को लेकर उनमें आपस में विवाद हो गया, जिसके कारण उन्होंने अपना धन्धा अलग-अलग करने का निर्णय कर लिया ।

पहला चोर चोरी करने के लिए एक घर में घुसा। वह घर उसे सुनसान लगा। वह और आगे बढ़ा तो उसे किसी के कराहने की आवाज ही आ रही थी, शायद घर में कोई है । वह सावधानी से और आगे बढ़ा तो देखा कि एक बुढ़िया एक टूटी हुई खटिया पर पड़ी कराह रही थी, उसे शायद मृत्यु की प्रतीक्षा थी। बुढ़िया ने चोर की ओर कातर नजरों से देखा और उसे पानी पिलाने का इशारा किया। चोर ने थोड़ी देर कुछ सोचा और फिर उसे पानी पिला दिया। बुढ़िया ने अपना हाथ उठाकर उसे आर्शीवाद दिया और फिर पड़ गई। अपने तकिये के नीचे से उसने आलमारी की चाबी निकाली और चोर की ओर बढ़ा दी। चोर समझ गया कि बुढ़िया जान गई है कि मैं चोरी करने आया हूँ। फिर उसने कुछ सोचा और आलमारी खोल ली। देखा तो आलमारी में कुछ फटे हुए कपड़े, शादी का एक मंगलसूत्र, और शादी का ही पुराना एक जोड़ा रखा हुआ था। यह देखकर चोर का मन पसीज गया।

उसने बुढ़िया से पूछा, ''यहाँ और कौन रहता है?''

बुढ़िया ने धीरे-धीरे टूटे हुए शब्दों में बताया, ''मेरे सब रिश्तेदार मुझे इस हाल में मरने के लिये छोड़कर चले गये । जाते हुए मेरा सब सामान भी ले गये ।''

चोर के मन में उस बुढ़िया के प्रति दया भाव उपजा और उसने उसकी सेवा करने की ठान ली। अब वह कुछ काम करता और बाकी समय बूढ़ी माँ की सेवा करता । बुढ़िया भी उसे बेटे जैसा ही प्यार देती ।

दूसरा चोर चोरी करने के लिये एक मन्दिर में गया। उस मन्दिर में विराजित भगवान के ऊपर कीमती गहने चढ़े हुए थे । उसने सावधानी से सब गहने उतार लिये और एक पोटली में बाँध लिये। आधी रात को मन्दिर सुनसान था, वहाँ कोई नहीं था। जब वह गहने लेकर मन्दिर से बाहर आ रहा था तो दीवार की दूसरी तरफ जहाँ पुजारी रहता था, वहाँ से बातें करने की आवाज

आ रही थी । तो उसने सुना, पुजारी और उसकी पत्नी दोनों ही बातें कर रहे थे। इतनी रात को बातें करते देख चोर को आश्चर्य हुआ, तो वह उनकी बातें सुनने लगा कि कहीं वे मुझे पकड़ने का तो प्लान नहीं बना रहे हैं।

पुजारी पत्नी को बुझी आवाज में बता रहा था, ''यदि कुछ और दिनों में रूपयों की व्यवस्था नहीं हो पाई तो बेटी का रिश्ता टूट जायेगा और वह कुंवारी ही रह जायेगी। पैसा लाऊँ भी तो कहाँ से? मुझे तो कुछ भी समझ नहीं आ रहा। मुझे बेटी की चिन्ता खाये जा रही है, इसी से नींद भी नहीं आती। मन्दिर का चढ़ावा तो नाममात्र का आता है, उससे तो पेट भर लेते हैं । यूं तो भगवान के जेवर लाखों रूपयों के हैं, परन्तु मैं मर जाना पसन्द करूँगा, पर भगवान के घर में चोरी नहीं करूँगा, चाहे मेरी बेटी कुंवारी ही रह जाये या मैं आत्महत्या कर लूँ।'' और वह अपनी बेबसी पर फफक कर रो पड़ा ।

उसकी पत्नी ने उसे समझाया और हिम्मत दी, ''ऐसे हिम्मत मत हारो, ईश्वर दयालु है, वह कुछ न कुछ तो करेगा। आप निराश न हो।''

चोर ने उनकी सारी बातें सुन ली और सोचा कि एक व्यक्ति वह है कि भगवान की सेवा करता है, चाहे बेटी ही कुंवारी रह जाये पर बेईमानी नहीं कर रहा है और एक मैं हूँ कि भगवान के जेवर चोरी करके ले जा रहा हूँ। यह सोचकर उसका मन बदल गया कि यदि मैंने जेवर चुरा लिये तो इसका पुजारी का काम भी छूट जायेगा और जेल होगी सो अलग फिर तो बाकी लोग भूखे मरेंगे। उसने अपना इरादा बदल दिया और चुपचाप मन्दिर से बाहर आ गया। सुबह वह मन्दिर फिर गया, लेकिन अब उसके हाथ में एक दूसरी पोटली थी। उसने भगवान के दर्शन किये और पुजारी को भेंट में वह पोटली दे दी। पुजारी कुछ समझ नहीं पाया, वह आश्चर्यचकित प्रश्न भरी नजर से देखा। तब चोर ने कहाँ, ''घबराओ नहीं, ये माल सब मेरा है, मेरी ही कमाई है, मैं इसे आपको भेंट कर रहा हूँ ताकि आप अपनी कन्या का विवाह कर सकें।'' कहकर वह चला गया।

तीसरा चोर भी एक जगह चोरी करने की नीयत से घर में घुसा । वहाँ दो-तीन लोग नीचे दरी बिछाकर सो रहे थे । कुछ आहट सुनकर वे जाग गये और पास रखी हुई छड़ी टटोलने लगे । छड़ी उठाई और बोले, ''कौन है भाई।''

चोर छिपकर यह देख रहा था कि यहाँ तो सब अंधे हैं, इनमें से कोई भी उसे नहीं देख सकता है, इन अंधों के यहाँ से क्या माल मिलेगा ? अतः उसने सामने आकर उनसे क्षमा माँगी कि, ‘‘मैं चोर हूँ और आपके यहाँ चोरी करने आया था लेकिन आप सब तो अंधे हैं । जो खुद ही अपना काम नहीं कर पाते हैं, तो मुझे कैसे देखते ? आया तो था मैं चोरी करने लेकिन आपके यहाँ तो कुछ भी नहीं है जो मैं चुरा सकूं। आप लोग अपना काम ही बड़ी मुश्किल से कर पाते होंगे। मेरा हृदय आप लोगों के कष्ट को देखकर और यह देखकर कि आपके दृष्टि नहीं है फिर काम कैसे कर लेते हैं, एक मैं हूँ कि हट्टा-कट्टा होकर भी चोरी करता हूँ । अब मैं चोरी छोड़कर आपके साथ ही रहकर आपकी हर तरह से मदद करूँगा, आप लोगों की सेवा करूँगा ताकि मुझे संतोष प्राप्त हो जाये ।’’

चौथा चोर भी एक घर में चोरी करने के इरादे से घुसा । इतनी रात गये भी उस घर में बल्ब जल रहा था । उसने छिपकर देखा तो इतनी रात को भी एक बालक पुस्तक पढ़ रहा था, शायद उसकी परीक्षा होगी । चोर ने समझा कि बालक तो किताब पढ़ने में लीन है, इसलिये वह अन्दर वाले कमरे में चला गया। वहाँ उसने देखा कि एक वृद्ध रोगी खटिया पर सोया पड़ा है। वह उसके सामने उसे मारने के लिये खड़ा हो गया ताकि वह सामना न कर सके। वृद्ध ने तिरछी निगाह से उसे देखा और फिर आँख मींच ली। फिर वह बालक के कमरे में पुनः गया और चाकू लेकर उसके सामने खड़ा हो गया ताकि वह डरकर आवाज न करे। परन्तु वह बालक डरा नहीं । उसने उसे देखा और फिर पुस्तक पढ़ने लगा। चोर को बड़ा आश्चर्य हुआ, उसने बालक से पूछा, ‘‘मैं चोर हूँ, और तुमको चोर से डर नहीं लगता ?’’

बालक ने सहजता से उत्तर दिया, ‘‘मैंने तो आपको पहले ही देख लिया था। आप चोर हैं ना! आपको यहाँ से कुछ भी नहीं मिलेगा, आपकी मेहनत बेकार जायेगी, आप गलत जगह आ गये। क्योंकि मेरे पास ये किताबें, दो जोड़ी कपड़े और फटे हुए जूते हैं। चीनी की दो प्लेट है, खाना बनाने का स्टोव है जिस पर कभी-कभी ही खाना बनता है। पिताजी लकवे में हैं, वो उठ नहीं सकते, उनका मल-मूत्र मैं ही साफ करता हूँ। पिताजी को वृद्धावस्था पेंशन के दो सौ रूपये मिलते हैं, उसी से हमारा खाना बनता है। मैं पढ़ लूं फिर कोई काम मिल जायेगा तो पिताजी की सेवा अच्छी तरह कर पाऊँगा। क्षमा करना,

आपको यहाँ से खाली हाथ ही लौटना पड़ेगा । मेरे पास ऐसा कुछ भी नहीं है कि मैं आपको दे सकूं ।"

चोर की आँखें नम हो गईं। उसका हृदय परिवर्तन हुआ। उसे लगा कि हमारा धन्धा निकृष्ट है। लोग कैसे-कैसे अपना जीवन ईमानदारी और मेहनत से अभावों में जीते हैं और एक हम हैं कि लोगों के धन को चुराते हैं। उसने उस बालक को आश्वस्त किया कि मैं ही कुछ काम करके तुम्हारी पढ़ाई पूरी करवाऊँगा और तुम्हारे पिताजी का ध्यान रखूँगा। तुम तो अपनी पढ़ाई में ही मन लगाओ, बाकी मुझ पर छोड़ दो।

तस्वीर

इस छोटे शहर में अमन और शान्ति रहती है। यहाँ से करीब ५०. ६० किमी. दूर के लोग इसी शहर से व्यापार करते हैं। यहाँ सभी प्रकार का व्यापार अच्छा चलता है। यहाँ के व्यापारियों में एक हैं। लक्ष्मीकांत जी। इस शहर में उनका बहुत सम्मान है। उन्होंने शहर की जनता के लिये बहुत काम करवाये हैं इसलिये ही लोग उन्हें 'लक्ष्मी दा' कहते हैं। उनका व्यापार थोक एवं खैरची दोनों ही हैं। इस कारण उनका सम्पर्क सभी प्रकार के लोगों से बना रहता है। स्वभाव से सरल, हँसमुख सामान्य कद के कुछ मोटे से, चेहरे पर चश्मा लगाये, सभी के कष्ट में मददगार रहने वाले थे 'लक्ष्मी दा'।

लक्ष्मी दा के तीन बेटे थे। बड़े बेटे की शादी करने के पश्चात उसके ससुराल वालों ने उसे अपने यहाँ पर दामाद बना लिया। अब वह वहीं रहकर व्यापार संभालता है। पिता के पास कभी-कभी मिलने आ जाता था। दूसरा बेटा मिलन थोक व्यापार में व्यस्त रहता है। सारी वसूली एवं हिसाब-किताब उसी के हवाले है। अब व्यापार पर उसी की पकड़ है। लक्ष्मी दा ने उसका विवाह भी तीन वर्ष पूर्व कर दिया। एक और छोटा बेटा है मधुर। मधुर का मन व्यापार में बिलकुल नहीं लगता है। वह तो पैसों पर गुलछर्रे उड़ाने, ऐश करने और दोस्तों में घूमना-फिरने आदि में लगा रहता है। वह भी कभी घर आता तो कभी नहीं। उसे कोई कुछ कह देता तो कई दिन घर नहीं आता। इसीलिये लक्ष्मी दा ने ढलती उम्र देख सारा व्यापार अपने मझले बेटे मिलन के हवाले कर समाज सेवा में व्यस्त रहने लगे।

साल दो साल तो ठीक चलता रहा। जब तब छोटा बेटा मधुर आ जाता और कुछ बहाने बनाकर रूपये ले जाता और दोस्तों में मौज उड़ाता। मिलन की मधुर से इस बात को लेकर कई बार तू-तू, मैं-मैं हो गई थी इस कारण घर का वातावरण कटु होता रहता था। लक्ष्मी दा पूजा-पाठ से निवृत्त हो दुकान पर चले जाते वहाँ से लोग सामाजिक कार्य के लिये उन्हें खींच लाते। दुकान कभी नौकरों के हवाले तो कभी मिलन के हवाले। लक्ष्मी दा की साख बढ़ती गई लेकिन दुकान की साख धीरे-धीरे गिरती जा रही थी। पत्नी के बगैर उनका मन उचट सा गया था। पत्नी को मरे चार साल हो गये थे, इसी से लोक कल्याण में पैसा लगाना उन्हें अच्छा लगता था। मिलन की पत्नी तुनुक

मिजाज, स्वार्थी और घमण्डी थी । जब उसने देखा कि घर में अब वही सब कुछ है तो उसने धीरे-धीरे घर का, दुकान का सारा संचालन अपने हाथ में ले लिया। रूपया पैसा सब अपने पास रखती । किसी को भी जरूरत हो तो उसी से माँगना पड़ता था । कई बार तो लक्ष्मी दा को भी उससे पैसे माँगने पड़े । बहु से पैसा माँगना उन्हें अच्छा नहीं लगता था, लेकिन हालात ही ऐसे थे। छोटा मधुर भी जब घर से पैसे माँगता तो देवर-भाभी में काफी कहा-सुनी हो जाती थी। क्योंकि माँ थी नहीं, पिताजी के हालात से वह दुःखी था, वह उनकी स्थिति से परिचित था, इसलिये उसने धीरे-धीरे घर आना बिल्कुल बन्द कर दिया ।

लक्ष्मी दा सदमे में रहने लगे। बेटे ने घर छोड़ दिया, बहु का व्यवहार उचित न था । इस कारण उनका स्वास्थ्य गडबड़ाने लगा। वे जल्दी थक जाते इसलिये बाहर कम ही निकलते। काम में मन नहीं लगता था, पैसे पास नहीं रहते थे। समाज सेवा में लगाने के लिये बहू से पैसा माँगा नहीं जा सकता था ।

कभी माँगते तो बहू बहुत कुछ बातें सुनाती, तब कहीं देती। इन बातों से लक्ष्मी दा का मन दुःखी रहता। वे अन्दर ही अन्दर टूटते जा रहे थे। एक दिन वे बीमार पड़ ही गये। मिलन ने उन्हें अस्पताल में भर्ती करवा दिया। अस्पताल में उनको अकेला छोड़ सब अपना-अपना काम करते रहे। अब लक्ष्मी दा को समझ में आने लगा कि अब मेरी किसी को भी जरूरत नहीं है। जिनके लिये मैंने इतना सब कुछ किया उन्हीं के द्वारा मेरा तिरस्कार। बेटा कुछ बोलता नहीं, बहू तेज और कड़वा बोलती है जिससे हृदय में घाव हो जाते हैं। अस्पताल से वे ठीक होकर लौट तो आये, पर अब बहुत उदास रहने लगे। गुम-सुम हो वे न जाने क्या सोचा करते थे। इन सब बातों से दुःखी होकर उन्होंने एक कठोर निर्णय ले लिया। क्योंकि उन्हें मालूम था कि उनकी चिन्ता करने वाला कोई नहीं है। बड़ा बेटा सुसराल में है, छोटा आवारा है उसे बाप की जरा सी भी चिन्ता नहीं है, न जाने कहाँ रहता है, कोई ठिकाना ही नहीं।

एक दिन सुबह वे टहलने का कहकर घर से निकल पड़े। बस स्टैण्ड पर जा सामने खड़ी हुई बस में जा बैठे। ये बस कहाँ जायेगी यह भी न पूछा। क्योंकि कोई स्थान, कोई उद्देश्य तो था नहीं बस जाना याने जाना। बस कहीं लम्बी यात्रा की थी। वे एक अनजानी जगह उतर गये। उतर तो गये लेकिन

जाते कहाँ ? वे शहर में बेवजह घूमने लगे। घूमते हुये उन्हें एक वृद्धाश्रम दिखा । उनके मन में विचार आया कि इस शहर में उन्हें कोई जानता तो है नहीं उन्होंने वृद्धाश्रम को ही अपना ठिकाना बनाना ठीक समझा ताकि सुकून मिल सके। कोई कुछ पूछता तो हँसकर गोल-मोल जवाब दे देते । त्यौहार आते तो उनका अपना कोई नहीं होता था। आजतक न किसी ने उन्हें ढूंढने की कोशिश की न ही इश्तिहार छपा। वे सोचते क्या इसी का नाम जिन्दगी है। ये दुनिया कितनी खुदगर्ज है, स्वार्थी है, ये सब नाते-रिश्ते मतलब भर के हैं ।

वृद्धाश्रम की एक खाली बेंच पर बैठे-बैठे वे सोचने लगे। एक छोटी सी परचून की दुकान से शुरू की थी उन्होंने ये जिन्दगी। अपनी मेहनत से उसे एक बड़े व्यापार में बदला और साथ ही सामाजिक प्रतिष्ठा भी प्राप्त की। बच्चों की पढाई-लिखाई, शादी-ब्याह आदि भी धूम-धाम से किये। जीवन साथी पत्नी के देहान्त से उन्हें व्यक्तिगत हानि हुई। यही उनके जीवन का टर्निंग प्वाइंट था। फिर बुढ़ापा भी। वैसे भी बूढ़े लोगों को कचरे की तरह एक तरफ फेंक दिया जाता है। कहाँ तो वह भरा-पूरा परिवार और कहाँ आज यह लावारिस एकान्त। यह सोचते-सोचते उनकी आँखे भर आई। उन्होंने चश्मा साफ किया, आँखे पोछी और फिर सोचने लगे। किसने सोचा था कि सेठ लक्ष्मीकांत वृद्ध ाश्रम में इस प्रकार जीवन काटेंगे। होली-दीवाली कई त्यौहार आते तो मन में भरी भरपूर नफरत के किसी कोने में थोड़ा सा प्यार भी बाकी था, जो बाप का अपनी सन्तान के प्रति रहता है। वृद्धाश्रम में समय कटता गया। पर जिसका मन मर जाता है उसका शरीर भी जल्दी ही मर जाता है। कमजोर और दगा खाये शरीर से उनका स्वास्थ्य गिरता गया और एक दिन उन्होंने बिस्तर पकड़ ही लिया।

उनको इलाज से कोई लाभ नहीं हुआ और एक दिन वे इस दुनिया को छोड़कर चले गये। उनके सामान को टटोलने पर एक पता मिला, उस पते पर संचालक ने सूचना भेज दी। बेटा एक चमचमाती कार में वृद्धाश्रम आया। फूट-फूट कर बहू बेटा दोनों रोये, चाहे वे मगरमच्छ के ही आंसू हो। शव को वो शहर ले गये। वहाँ कई कहानियाँ उन्होंने गढ़ ली ताकि वे बेकसूर माने जाये। सब क्रियाकर्म वहीं ही श्रद्धा के साथ सम्पन्न हुये। लक्ष्मी दा की एक बड़ी सी तस्वीर बनवाई गई और एक बड़े हॉल में टांग दी गई। ब्राहमणों

को नाना प्रकार के पकवान बनाकर भोजन करवाया गया। गरीबों को वस्त्र दान किये गये। और एक आदमकद मूर्ति बनवाकर घर के सामने गार्डन में स्थापित की गई। लक्ष्मी दा की 'जय' के नारे लगाये गये। अच्छा खाना-पीना हुआ और कार्यक्रम सम्पन्न हो गया।

समय का फेर है कि जीते जी जिस व्यक्ति के सुख-दुःख को नहीं जाना, उसकी आत्मा को दुःख पहुँचाया और मरणोपरान्त उसकी आत्मा के लिये शोक सभायें, ब्राह्मण भोजन करवाया जा रहा हो । लक्ष्मी दा तो हमारे लिये एक जमा हुआ व्यापार, बड़ा घर, रूपया पैसा सब कुछ छोड़ गये। ईश्वर उनकी मृत आत्मा को शान्ति प्रदान करे। अब उनकी आत्मा को शान्ति मिले न मिले हमारी आत्मा को तो शान्ति मिल ही गई है।

ताबीज़

रघुनाथ राव एक प्राइवेट कालेज में फिजिक्स के प्रोफेसर हैं । उनकी दो बेटी और एक बेटा है । वे एक बेटी का विवाह कर चुके हैं। एक बेटी कालेज में पढ़ती है। बेटा अभी छोटा है। कुल मिलाकर उनकी आर्थिक स्थिति ठीक ही है। रघुनाथ राव भक्ति भावना वाले व्यक्ति हैं। ईश्वर पर अटूट श्रद्धा रखते हैं। उनका व्यक्तित्व साधारण है लेकिन पत्नी कुछ जिद्दी और अंधविश्वासी है।

एक दिन रघुनाथ राव पूजा कर रहे थे और घर के पीछे वाले दालान की तरफ लगे बगीचे में से फूल तोड़कर वापस घर में आ रहे थे तो गिर पड़े। उन्हें लगा कि किसी ने उन्हें धक्का देकर गिरा दिया। जबकि वास्तविकता यह थी कि उनका एक पांव दूसरे में उलझ गया था जिससे वे अपना बैलेन्स नहीं संभाल सके और गिर गये। उनकी पत्नी और बच्चे दौड़कर आये और उन्हें उठाया, पूछा, ''क्या हुआ? एकदम कैसे गिर गये। तबीयत तो ठीक हैं?'' कराहते हुए वो उठे और बोले ''मुझे ऐसा लगा कि मुझे किसी ने जोर का धक्का दे दिया ।''

''पर यहाँ तो कोई नहीं था जो आपको धक्का देता।'' कहते हुए पत्नी ने इधर-उधर देखा, कहीं कोई नहीं था। बात आई-गई हो गई । लेकिन पत्नी के शंकित मन में यह बात घर कर गई कि हो न हो यह काम किसी प्रेतात्मा का है जो इस घर में ही हैं। अब वह घर में संभल कर रहने लगी और प्रत्येक घटना को शंका की दृष्टि से देखती।

कुछ दिनों बाद उसे भयानक स्वप्न आया जिसमें भूत-प्रेत आदि दिखाई दिये। वह डरी हुई थी। उसने यह बात बच्चों के सामने अपने पति को बताई। पति ने कोई विशेष ध्यान नहीं दिया, ''सब ईश्वर की माया है।'' कहकर टाल दी।

फिर एक दिन उनकी बेटी ने एक बात बताई। उसने बताया कि ''कल जब मैं अपने कमरे में पढ़ रही थी तो पढ़ते-पढ़ते मुझे झपकी लग गई। किसी आहट से मेरी नींद खुल गई, मुझे लगा कि मेरे कमरे में कोई है।''

यह बात उसने अपने माता-पिता और भाई के सामने कही । फिर कुछ दिन बीत गये । एक दिन बेटे को भी यह एहसास हुआ कि उसके कमरे में कुर्सी पर कोई चुपचाप बैठा है। इस प्रकार घर के सभी सदस्यों

को कुछ न कुछ घटना का एहसास हुआ। पत्नी ने भी पति को विश्वास दिला दिया कि ये जो घटनायें हो रही हैं वे सब इसी प्रेतात्मा की वजह से ही हैं। अन्ततः प्रोफेसर ने भी मान लिया कि हो सकता है, यही सच हो।

पत्नी रेखा ने अब झाड़-फूँक, जादू-टोना करने वाले ओझाओं से सम्पर्क करना शुरू कर दिया । आये दिन उनके यहाँ तांत्रिक या ओझा आने लगे। भूत भगाने के नाम पर कई प्रकार की सामग्री मंगवाते, पूजा-पाठ करते और एक बड़ी रकम नकद लेकर चंपत हो जाते । इन्हीं सब कामों में घर का पैसा पानी की तरह बहता गया। कभी लगता कि कुछ फर्क पड़ा, कभी नहीं लगता। इसी प्रकार कई दिनों तक यह सब चलता रहा। इसी दौरान किसी को क्या दिखाई देता तो किसी को कुछ। घर की किसी सामान्य घटना को भी वे इसी से जोड़कर देखते।

कई दिनों तक तांत्रिकों के जाल में फंसे रहने से उनकी आर्थिक स्थिति बिगड़ने लगी। तो कालेज के प्रोफेसरों ने कारण जानना चाहा। जब उन्हें प्रेतात्मा वाली बात मालूम हुई तो उन्होंने इसे बकवास बताया और उन्हें तांत्रिकों का पीछा छोड़कर मनोवैज्ञानिक डॉक्टर की सलाह लेने की राय दी। कालेज के साथी प्रोफेसरों ने राव जी को समझाया कि आधुनिक और वैज्ञानिक युग में आप भी प्रेतों की बातों में ना आये।

डॉ. सुधांशु सेन गुप्ता शहर के प्रसिद्ध मनोवैज्ञानिक थे। उन्होंने अपनी चिकित्सा से कई लोगों को ठीक किया था। आज भी उनके पास बहुत से लोग आते हैं। रघुनाथ राव ने सोचा कि तांत्रिकों के खेल में पड़कर बहुत पैसा खर्च हो चुका है अब क्यों न डॉ. सेन गुप्ता से ही चिकित्सा करवाई जाय। एक दिन रघुनाथ राव अपने परिवार को लेकर डॉ. सेन गुप्ता के निवास पहुँच गये। डॉ. ने शुरू से आजतक की उनकी सब बातें एक-एक से अलग-अलग पूछी। फिर उनसे कई तरह के प्रश्न किये। प्राप्त उत्तरों से वे समझ गये कि वास्तव में क्या है। वे यह भी जान गये कि रघुनाथ राव के गिरने का कारण कोई प्रेतात्मा नहीं बल्कि वे खुद थे। उनको किसी ने धक्का नहीं दिया वरन वे ही पाँव उलझने से गिर पड़े थे। इस घटना को अंधविश्वासी और शंकालु स्वभाव की पत्नी रेखा ने प्रेतात्मा का काम मान लिया। और ये सब बातें उसने बच्चों के सामने कही थी, इसलिये बच्चों के मन में बैठ गई। घर में बार-बार यही बात करने से बच्चों के मन में भी यही बात घर कर गई। और

उन्हें भी सामान्य घटना में प्रेतात्मा दिखाई देने लगी । हमारे मन में जैसे विचार आते हैं, हम जो सुनते हैं, उन्हीं का प्रतिरूप हमें स्वप्न में भी दिखाई देता है ।

डॉ. सुधांशु ने उन्हें इकट्ठा करके एक साथ सभी को अपने तरीके से समझाया कि आपके यहाँ कोई भूत-प्रेत नहीं है, यह सब आप लोगों के मन का वहम है । आप अपने मन से यह बात बिलकुल निकाल दीजिये कि भूत-प्रेत भी होते हैं फिर देखो सब ठीक हो जायेगा। कुछ दिनों तक ठीक से चलता रहा। फिर उन्हें भूत का डर लगने लगा। फिर डॉक्टर ने सख्त हिदायत दी कि कोई भी व्यक्ति घर में भूत-प्रेत की बात नहीं करेगा। कुछ दिनों तक फिर ठीक चलता रहा। फिर वही शंका वाली बात। अब डॉक्टर ने एक ऐसा कदम उठाया जो कि कोई भी डॉक्टर पेशा व्यक्ति नहीं करता। और न ही किसी मनोचिकित्सक को उसके शिक्षा सिद्धान्तों के विषय में ऐसा करने कि इजाजत है। ऐसा नितान्त अनुचित ही है। लेकिन डॉक्टर के सामने एक चुनौती थी, क्योंकि उसे इस परिवार को कैसे भी इस विपत्ति से बचाना था। अपने मरीज को ठीक करने के लिये यह कदम भी उठाना आवश्यक था। इसलिये डॉ. ने उनसे कहा कि वे उनके घर आयेंगे और प्रेतात्मा को घर से भगा देंगे। मैं ऐसा इन्तजाम कर दूँगा कि दोबारा न आ सके ।

एक निर्धारित दिन डॉ. सुधांशु उनके घर गये। घर की स्थिति चारों तरफ से देखी । हर एक कमरे को देखा। फिर एक पात्र में पानी लाने को कहा । पानी आ जाने पर उन्होंने उसमें गौर से देखा। वे यह देख रहे थे कि पानी साफ है या गंदा । उन्होंने होठों में कुछ बुदबुदाया, लगा कोई मंत्र पढ़ रहे हो फिर उस जल को घर के सारे कमरों और स्थानों पर छिटक दिया । ऐसा लग रहा था कि इस अभिमंत्रित जल से प्रेतात्मायें भाग जायेंगी। फिर उन्होंने प्रोफेसर से कहा कि बाजार से ताबीज का खोल लेते आये । मुझे दे देना, फिर दो दिन बाद आकर ले जाना। उस ताबीज को दरवाजे पर बांध देना। किसी भी प्रकार की प्रेतात्मा फिर नहीं आ सकेंगी । प्रोफेसर डॉ. के यहाँ से ताबीज ले आये और दरवाजे पर बांध दिया। उस दिन से उनके यहाँ की सभी प्रेतात्मायें गायब हो गईं अब वे चैन से रहने लगे थे ।

पाँच वर्ष बाद दीवाली की साफ सफाई करते हुए वह ताबीज पुराने सड़े धागे से टूटकर नीचे गिर गया और उसकी खोल का ढक्कन आधा खुल गया। तब जिज्ञासा वश उसमें रखे कागज को खोलकर देखा तो

उसमे लिखा था "कोई भूत-प्रेत नहीं होता है, सब मन का वहम है।"

राव परिवार को ताबीज देने के पश्चात डॉ. सुधांशु ने अपनी मे.डिकल कौंसिल की सारी बातें लिखकर अपने किये के लिये क्षमा माँगी थी । उन्होंने अपने हम पेशा डॉक्टरों से भी हाथ जोड़कर क्षमा माँगी और यह भी बताया कि एक परिवार की खुशहाली के लिये किया गया यह कार्य अक्षम्य है लेकिन आज वह परिवार सुखी है, शायद यही मेरी सन्तुष्टि है।